Arlete Braglia

OS MICRONAUTAS PERDIDOS NA RENASCENÇA

Dados Internacionais de Catalogação na Publicação (CIP)
(Câmara Brasileira do Livro, SP, Brasil)

Braglia, Arlete
   Os micronautas : perdidos na renascença / Arlete Braglia ; ilustrações Anasor. — São Paulo : Paulinas, 2010. — (Coleção tipoassim.com)

   ISBN 978-85-356-2630-8

   1. Literatura infantojuvenil I. Anasor. II. Título III. Série.

10-06209   CDD-028.5

Índices para catálogo sistemático:
1. Literatura infantil   028.5
2. Literatura infantojuvenil   028.5

Impressão: EGB Editora Gráfica Bernardi Ltda.
CNPJ: 03.792.721/0001-70

"Em respeito ao meio ambiente, as folhas deste livro foram produzidas com fibras obtidas de árvores de florestas plantadas, com origem certificada"

1ª edição – 2010

Direção-geral: *Flávia Reginatto*
Editora responsável: *Maria Alexandre de Oliveira*
Assistente de edição: *Rosane Aparecida da Silva*
Copidesque: *Mônica Elaine G. S. da Costa*
Coordenação de revisão: *Marina Mendonça*
Revisão: *Ana Cecilia Mari e Sandra Sinzato*
Direção de arte: *Irma Cipriani*
Assistente de arte: *Sandra Braga*
Gerente de produção: *Felício Calegaro Neto*
Projeto gráfico: *Manuel Rebelato Miramontes*
Editoração eletrônica: *Wilson Teodoro Garcia*

Nenhuma parte desta obra poderá ser reproduzida ou transmitida por qualquer forma e/ou quaisquer meios (eletrônico ou mecânico, incluindo fotocópia e gravação) ou arquivada em qualquer sistema ou banco de dados sem permissão escrita da Editora. Direitos reservados.

Paulinas
Rua Dona Inácia Uchoa, 62
04110-020 – São Paulo – SP (Brasil)
Tel.: (11) 2125-3500
http://www.paulinas.org.br
editora@paulinas.com.br
Telemarketing e SAC: 0800-7010081

© Pia Sociedade Filhas de São Paulo – São Paulo, 2010

"Ao amado Jaburu,
que encantado por Deus,
alçou seu mais belo voo
para muito além
da abóbada dos mundos."

Sumário

Mudando de vida..6
O presente 16
O tombo..34
O "outro" presente 47
A festa..59
A tempestade e o acidente 68
Na estação do tempo perdido 83
A viagem no trem maluco 95
O pequeno Leonardo 117
Encrencas na Itália renascentista................ 154
Aventura em Florença 199
A armadilha...231
O grande espetáculo teatral 262
A eletrizante experiência 293
Os micronautas..325
Uma olhadela no passado............................340

MUDANDO DE VIDA

"Tssst, tsst..." – resmunga ele, balançando a cabeça em sinal da mais completa desaprovação. – "Isso não vai dar certo... Será que essa peste não tem medo de **quebrar o pescoço?**" – pensa consigo mesmo, **já ficando de cabeça quente**.

Lá está ela, quase dependurada no lustre. Uma teimosa incorrigível, do tipo que acha que sabe tudo. No momento, ela aplica toda sua energia para pegar um "sabe-se-lá-o-quê" que está a quilômetros de distância de seu alcance, ou seja, na prateleira mais alta

da estante do seu quarto. Como se fosse um alpinista anão a observar o gigantesco Monte Everest, ela avalia qual o nível de dificuldade que terá de enfrentar para chegar ao topo.

Primeiro, pensa em escalar a estante, porém, antes de começar, percebe que não tem talento suficiente para bancar o Homem-Aranha. Então, tem uma ideia brilhante para compensar sua falta de altura: decide arrastar para perto da estante a cadeira que fica diante da escrivaninha. Num instante descobre que mesmo depois de ter subido na cadeira e se esticado até a pontinha dos dedos dos pés, ainda falta um "tantinho" assim para alcançar o objeto de seu desejo.

É claro que se tivesse um pingo de juízo ela desistiria, mas essa garota não conhece essa palavra. Enquanto desce da escada improvisada, tem uma outra ideia brilhante:

– Falta tão pouco pra eu alcançar...

Já sei! Vou pegar alguns daqueles livrões de enciclopédia que ficam no escritório somente juntando poeira, empilhar tudo sobre a cadeira e subir neles como se fosse uma escada!

Pronto: agora é só uma questão de tempo, nesse caso, de alguns minutos e solavancos adicionais, para que a tragédia aconteça.

"VOCÊ VAI CAIR DAÍ... ACHO MELHOR VOCÊ DESCER...".

Graças ao seu anjo da guarda, a menina não está sozinha diante do perigo. No entanto, como ela não ouve conselho de ninguém, é como se estivesse. Há um recém-chegado que observa aquela cena com o coração batendo descompassado. Assustado, ele fecha os olhos porque não suporta olhar: a menina está pronta para se estatelar no chão como uma jaca madura que cai do pé...

Infelizmente, a garota não ouve seus apelos, nem lhe dá a menor atenção, ocupada que está em se equilibrar no alto da pilha de livros, fingindo que a lei da gravidade é pura balela ou invenção de gente esquisita.

Com essa peste é sempre assim: quando ela coloca uma ideia na cabeça, vai em frente e nunca pensa nos riscos. Agora mesmo, um de seus pés começou a escorregar, enquanto a cadeira balança violentamente. Tentando bancar a "durona" que não liga a mínima para o perigo, ela dá uma risadinha nervosa e aproveita para provocar o outro:

— Ei, covardão! Dessa vez foi por pouco, hein? — ri, descontraída, mas não convence ninguém. No fundo, também está morrendo de medo. Desistir da empreitada? Jamais.

"Essa menina é uma doida de dar nó", pensa ele com seus botões.

— Só falta um pouquinho... Estou quase alcançando... Não precisa me olhar assim, já vou descer! Só preciso me esticar mais um pouquinho... Quem manda ser baixinha... E não gostar de comer verdura...

A situação é insuportável e ele não aguenta mais ficar ali parado, só olhando, de braços cruzados, enquanto a menina está a um passo de se arrebentar no chão! Ele sabe que precisa fazer alguma coisa imediatamente, antes que o pior aconteça. Resolve buscar ajuda de qualquer jeito.

Antes, porém, vamos congelar esta criatura no ar por um momento apenas. Vamos voltar um pouquinho no tempo desta história e contar direito como tudo isso começou...

***

Como de hábito, ele estava sentado em sua poltrona preferida, tirando uma **gostosa soneca**, quando ouviu o Padrinho chamar ao longe, com seu sotaque acaipirado:

– Venha cá, meu pequeno, que tem gente aqui na sala querendo te conhecer!

Espreguiçou-se longamente para espantar a preguiça e, curioso, atendeu ao chamado do Padrinho, caminhando devagar pelo longo corredor, só pensando em quem poderia ser.

Assim que entrou na sala, pôs a cabeça devagarzinho pelo **vão da porta** para poder ver quem era antes de ser visto. Uma dona meio esquisita, mas de cara simpática, estava sentada na grande sala de visitas do **orfanato**, aparentemente esperando por ele.

A senhora em questão era bem **magrinha** e sua face franzina ficava praticamente escondida por detrás dos óculos, que se equilibravam heroicamente na ponta de seu narizinho de coelho. Ela parecia impaciente porque, a todo instante, olhava para o relógio de pulso. Porém, sorriu ao vê-lo chegar e correu para cumprimentá-lo:

– Olá! Não imagina como fico feliz em conhecê-lo! Meu nome é Maria Luiza, mas pode me chamar de tia Malu – falava e gesticulava sem parar, no que lembrava um **cata-vento**.

– Vim até aqui por causa da minha sobrinha. É um amor de menina, sabe. Seu nome é Fernanda e ela adora fazer amigos. Dia desses, encontrei com Seu João no supermercado. E conversa vai, conversa vem, ele me contou que tinha um afilhado... Disse que você andava um pouco solitário, **meio jururu...** – de repente, ela parou; foi como se percebesse que não tinha intimidade suficiente para falar daquela maneira. Porém, como já falara demais mesmo, resolveu seguir em frente e continuou falando pelos cotovelos.

– Ele me disse que você é o mais antigo por aqui... E que não tem feito muitos amigos ultimamente... – ela tinha vontade de **morder a língua** por ser tão desajeitada com as palavras. – Então, pensei que talvez você quisesse conhecer minha sobrinha. Ela é um amor de pessoa... E, além disso, você poderia aproveitar para fazer um passeio... Sabe, se distrair, respirar um pouco de ar, ver o movimento... Que tal?

Ele estava **completamente zonzo** com tanta falação. "Mas, afinal de contas, por que não?", pensou.

Era verdade que andava meio solitário ultimamente. Havia passado sua vida toda enfiado naquele bendito orfanato e, durante todo esse tempo, era a primeira vez que alguém o convidava para um passeio para valer. Aquela era uma rara oportunidade de fazer **amigos normais**, quer dizer, que não fossem órfãos como ele, e de conhecer a casa de uma família comum com pai, mãe e filhos.

No fundo, estava cansado de fazer amigos que sempre terminavam indo embora. Num **belo dia**, todos acabavam adotados e, depois que ganhavam uma nova família, nunca mais voltavam, nem mesmo para uma simples visita. Enquanto ele pensava na vida, tia Malu e o Padrinho cochichavam num canto.

– Como ele veio parar aqui? – perguntou tia Malu, baixando a voz para o tom de um sussurro.

– Me lembro como se fosse hoje... **Foi numa noite de tempestade e chovia como Deus mandava...** Ouvi passos bem ali em frente à porta de entrada e pensei: "Quem será debaixo desse aguaceiro?". Mas, quando abri a porta, **não havia ninguém**, a não ser uma cestinha com um embrulho encharcado dentro – o matuto fez uma pausa, decerto para valorizar o desfecho de sua história. – Quando puxei o pano, dei de cara com aqueles olhões verdes me olhando. Na mesma hora resolvi apadrinhar aquele pequenino. Depois, acho que por causa da friagem daquela noite de chuva, ele ficou muito doente, tão fraquinho que quase morreu. Cuidei dele com muito carinho e ele foi melhorando aos pouquinhos, até ficar forte e bonito! Só que com isso tudo, o tempo foi passando, ele foi crescendo e ninguém mais quis adotá-lo.

– Entendo. Olha, não faz mal, ainda dá tempo. Se ele gostar da nossa família, poderá ficar conosco. Isso seria maravilhoso! – comemorou tia Malu daquele seu jeito estouvado, batendo palminhas de satisfação.

Enquanto os adultos falavam aos sussurros, ele ouvia tudo atentamente, mas fazendo aquela cara de quem não está nem aí. No íntimo, pensava, eufórico: *"Ter uma família? Isso é bom demais!"*.

Ficava paralisado só de imaginar essa possibilidade. Seu desejo era o de correr para o colo daquela tia magrinha e cobri-la de beijos, mas, como era tímido, limitou-se a olhá-la com afeto.

O Padrinho pegou-o no colo com a mesma ternura de sempre e despediu-se com um carinho e um simples "até logo", porque, afinal de contas, o convite era somente para uma visita. No entanto, anos de experiência e observação atenta lhe diziam que mesmo que aquela fosse uma despedida para valer, ela seria breve. Isso porque o Padrinho era um homem prático e, apesar do grande coração, tinha verdadeiro pavor de despedidas melosas, dessas regadas a baldes de lágrimas.

Na vida do orfanato, despedida era coisa de todo dia e jamais significava tristeza; muito pelo contrário, era quase sempre motivo de imensa alegria. A alegria que sentia todo aquele que ganhava uma família de verdade depois de ter sido rejeitado. A alegria de iniciar uma nova vida.

Foi assim que, de braço dado com a tia Malu, nosso amigo foi ao encontro de seu novo destino. Restou ao Padrinho o consolo de dar um abraço apertado em seu querido afilhado e desejar boa sorte.

O PRESENTE

Assim que cruzaram a porta do orfanato, seu coração disparou no peito. O mundo que ele conhecia estava ficando para trás e certo friozinho na barriga estava dizendo que dali para a frente tudo seria diferente em sua vida.

De repente, sentiu um medo terrível porque, no fundo, já estava acostumado à ideia de viver no orfanato para sempre e se consolava pensando que não ter uma família não devia ser tão ruim assim. A verdade é que nem seus **mais malucos sonhos** de liberdade poderiam prepará-lo para o que ele estava por viver.

Mal entrou no carro da tia Malu e suas pernas começaram a tremer; ele era um bocado caipira, já que sua vidinha simples não incluía passeios que fossem além dos muros do orfanato. Toda aquela barulheira e fumaça do trânsito da cidade grande estava começando a deixá-lo enjoado, principalmente porque as imagens passavam tão rápido pela janela do automóvel que nem dava tempo de ver direito o que era.

Tia Malu era uma "motorista nervosa", do tipo que gosta de pisar fundo no acelerador e de fingir que é piloto de Fórmula 1. Dirigia como uma possessa e murmurava entredentes desaforos incompreensíveis toda vez que alguém a ultrapassava. Assim, lá foram eles, ziguezagueando entre os carros a toda velocidade e transformando o trajeto até a residência da Família Braga num Grande Prêmio da Corrida Maluca.

Chegaram rápido depois de percorrer um roteiro caleidoscópico, num entra e sai por ruas nunca dantes navegadas. Ele ainda tentava conter o mal-estar que embrulhava seu estômago, quando teve uma visão que compensava todo aquele sacrifício: estavam parados diante de uma casa dos sonhos!

Uma grande residência em estilo colonial, pintada de amarelo vivo e rodeada por um jardim maravilhoso.

– UAUH! – murmurou o pequeno, deixando cair o queixo de admiração.

Seu coração galopava dentro do peito, pronto a saltar pela boca. Ele lançou um olhar suplicante para tia Malu, tentando transmitir seu imenso desejo de ficar, e quando seus olhos se encontraram, sentiu que ela adivinhara seus pensamentos. Antes de abrir a porta para que descessem do carro, ela estendeu uma mãozinha ossuda na sua direção e afagou carinhosamente sua cabeça em sinal de apoio.

– Chegamos! É aqui que você vai morar daqui pra frente! Comportou-se tão bem que até merece um cafuné – e assim dizendo, alisou sua cabeça uma vez mais. – Vou te apresentar Fernanda, minha sobrinha. Espero que gostem um do outro. Prometa que será simpático!

"Sim! Claro que sim." Para morar naquela bela casa que parecia ter saído de um comercial de margarina, ele prometeria o que quer que fosse.

Eram quatro horas em ponto quando tocaram a campainha da casa amarela. Tia Malu era uma pessoa absolutamente pontual; diziam que dava para acertar o relógio pelo horário de um encontro combinado com ela.

Quando chegava para uma visita, **entrava e saía como um raio**, sempre trazendo muita agitação e novidade. A sobrinha, fazendo uma brincadeira com seu nome *versus* seu jeitinho de ser, a apelidara carinhosamente de **"Tia Maluca"**.

Ela era a única irmã da mãe de Fernanda e uma espécie de adorável fada madrinha que sempre trazia presentes e fazia praticamente todas as vontades das sobrinhas. Vivia levando bronca da irmã, que dizia:

– Malu, você não pode paparicar as meninas desse jeito. **A Fernanda está ficando um nojo** de tão mimada e a Mariana vai pelo mesmo caminho... Tia também tem obrigação de educar... – ao que a Tia Maluca dava de ombros e fingia que a conversa não era com ela.

Fernanda abriu a porta e automaticamente se dependurou no frágil pescoço da tia, que ficou a ponto de se quebrar. A menina saiu arrastando a tia magrelinha para dentro da sala e só parou quando deram um encontrão numa pilha de caixas coloridas que estavam amontoadas num canto.

– Titia, venha ver! Já ganhei um monte de presentes de aniversário!

– **Que beleza!** Olha quanta coisa legal você ganhou! Mas, pelo que vejo aqui, você não tem nada igual ao que eu trouxe...

Seus grandes olhos negros brilharam de inquietação, e a menina mediu a tia de cima a baixo; deu uma volta completa ao seu redor, procurando sabe-se-lá-o-que, mais provavelmente um novo presente.

– **Cadê,** tia Malu? **O que você está escondendo de mim?** Fala logo que eu não aguento esse suspense... Não vai me dizer que é o que eu estou esperando?

– Deixe-me ver... Não sei não, estava por aqui neste mesmo instante... Onde será que foi parar? – disfarçava a Tia Maluca, olhando sem parar de um lado para outro.

E foi seguindo o olhar da tia que Fernanda finalmente o viu, semiescondido atrás da porta. Grudou seus enormes olhos castanhos no coitadinho, como se não pudesse acreditar no que via. Por um longo momento, eles ficaram presos naquela estranha troca de olhares que lembrava uma sessão de hipnotismo. De repente, era como se a menina fosse uma pequena bruxa, decidindo com rara frieza se devia ou não transformar o pobre intruso num sapo remelento.

Completamente encabulado por aquele contato visual constrangedor, o pequeno foi andando bem devagarzinho, procurando abrigo atrás da pilha de presentes, **desesperado** por ser alvo de toda aquela repentina atenção. Naquele instante, seu desejo era de que o chão se abrisse numa poderosa rachadura, que **o sugasse para as profundezas da terra.**

O que aconteceu em seguida merecia um retrato para decorar a parede. Trocando de alvo, a menina **fulminou a pobre tia com um olhar tão furioso** que provocou na coitada um violento acesso de tosse. Ela começou a ficar roxa e a sufocar como se tivesse uma espinha de peixe entalada na garganta. Por um instante, a peste manteve a pose de má e nem se abalou. Porém, quando percebeu que **a coisa era séria** e que a tia não desengasgava mais, correu para ajudá-la e aproveitou para aplicar-lhe uns tapinhas bem dados nas costas.

Quando a coitada finalmente conseguiu retomar o fôlego, perguntou, ainda aflita:

– Que foi Nanda? Não gostou do presente?

– É um "G-A-T-O"! – gritou a pestinha, quase matando o coitado de susto.

"Puxa vida! Que grande descoberta! É um verdadeiro gênio essa garota!", pensou o pequeno, completamente atordoado com aquela tremenda confusão. "Claro que ele era um gato. Por quem ela esperava? Papai-Noel? Ou seria pelo Coelhinho da Páscoa?"

Tia Malu começou a achar que estava perdendo o controle sobre a situação, que começava a ficar muito incômoda, verdadeiramente descontrolada. As coisas não estavam saindo como ela tinha imaginado.

Ficou preocupada com o que estaria sentindo seu pequenino amigo, que só desejava pertencer a uma grande família, na qual houvesse quem gostasse dele de verdade. Para consolá-lo, pegou-o no colo e, sutilmente, colocou as mãos sobre suas orelhas pontudas na esperança de impedi-lo de ouvir mais algum absurdo.

O refúgio do colo da tia Malu serviu para que ele se sentisse um pouco melhor; porém, seu coração de órfão havia recomeçado a doer. Ele não queria mais conversa com aquela guria mal-encarada, que agia como se nunca tivesse visto um gato na vida.

A pobre tia Malu olhava de um para o outro, sem entender nada; de repente, era como se ela tivesse um enorme ponto de interrogação tatuado na testa. Quando finalmente **reencontrou coragem para falar,** encheu-se de toda a paciência do mundo para perguntar à sobrinha:

– Qual é o problema, Nanda? Ele não é uma gracinha? **Sempre achei que você amasse os gatos...** – sua voz agora era pura ansiedade – e o ponto de interrogação estava lentamente se transformando numa enorme nuvem de preocupação a pairar sobre sua cabecinha de marionete.

– Não é isso, tia – a menina estava escolhendo cuidadosamente as palavras na tentativa de manter o autocontrole para dizer o que sentia sem ter um ataque.

– É que eu pensei que você fosse me dar um CA-CHORRO! – protestou, visivelmente contrariada, colocando as mãos na cintura, numa autêntica imitação de xícara. Sua pouca paciência já escorrendo para o ralo.

– **Pois é, mas não é um cachorro.** É um GATO! Lindo, grande e peludo – respondeu a tia, tremendo de indignação. – Agora, me lembro muito bem de ter ouvido você dizer que desejava aumentar a família! Você disse claramente que desejava muito ter um BI-CHO de estimação para te fazer companhia! – e ela fez questão de separar as sílabas da palavra bicho. – Um gato é um bicho, não é? Um bichano? Eles dão ótimos amigos! São grandes companheiros para a gente... **São muito inteligentes e, ainda por cima, macios como novelos de lã!** Achei que ele daria um excelente irmão para vocês duas!

Dava para perceber, pela careta da menina, que ela estava sentindo uma raiva mortal de si mesma.

Discutia com seus próprios botões, pensando: "Eu devia ter imaginado... Como pude ser tão estúpida? Como fui esquecer que a tia Malu é "maluca" por gatos! Ela tem uma porção deles e vive falando como são bonitos, limpos e "sei-lá-mais-o-quê". Eu devia ter adivinhado que para ela o tal BI-CHO só podia ser um G-A-T-O! **Se eu queria um cachorro, devia ter dito com todas as letras!** Devia ter mandado uma foto pra ela se tocar! Como pude ser tão tapada! Sou mesmo uma toupeira estúpida tamanho família!".

Pelo visto, agora era tarde demais para reclamar.

– **Logo vi, você não gostou do meu presente...** – a desolação da Tia Maluca era evidente; seus olhos estavam tristes e seu habitual sorriso havia sumido. Nanda começou a ficar com o coração apertado ao ver o desânimo tomar conta da pobrezinha, afinal de contas, sabia que a tia só queria agradar.

Na sala da família Braga o mal-estar era tanto que a tia resolveu tomar uma atitude; levantou-se do sofá, reajustou os óculos na ponta do nariz e falou decidida:

– Muito bem, mocinha. Se você não gostou dele, não tem problema. Vou adotá-lo eu mesma e tenho certeza de que ele será muito bem recebido por seus novos irmãos, lá em casa – Fernanda percebeu que ela fez questão de frisar a palavra IRMÃOS em seu discurso.

– Onde já moram quatro, podem morar cinco – completou, dando a questão por encerrada.

O gatinho respirou aliviado. Sentiu uma grande onda de gratidão lhe invadindo o peito; por um instante, chegou a pensar que seria simplesmente devolvido ao orfanato. No entanto, apesar de ter encontrado uma solução satisfatória para o problema, a tia continuava contrariada. Disse:

– Antes, porém, me diga uma coisa... POSSO SABER QUAL O MOTIVO DESSA ANTIPATIA TODA?

– Porque eu não gostei e está acabado! Eu queria um cachorro! – e subitamente a pose da menina mimada mudou de xícara para elefante africano, com sua boca se transformando numa longa tromba, que quase tocava o chão.

– Mas, Nanda, se você nunca teve um gato, como sabe que não vai gostar dele? Pense bem, isso é puro preconceito.

– Como assim...? – perguntou, visivelmente contrariada, com olhos postos no chão, sem conseguir encarar ninguém, balançando a tromba de lá para cá.

– Quero dizer que você decidiu não gostar do gato antes mesmo de conhecê-lo. Você não sabe como ele é... O pobrezinho nunca te deu motivos para chateação, mas você resolveu que não vai gostar dele. **É uma antipatia que não tem razão de ser,** que não tem justificativa. É puro preconceito!

O desconforto causado pelo assunto deixou o ar tão pesado que poderia ser recortado com uma tesoura. A menina sentou no tapete e começou a roer as unhas. Por um momento, ficou imersa em seus pensamentos, simplesmente odiando a ideia de ser taxada de preconceituosa.

Nosso pequeno amigo peludo conhecia essa lição de cor e salteado. Nos **anos vividos no orfanato,** havia sentido o **preconceito** arder em seu pelo como ferro em brasa, toda vez que era recusado por não ser mais um filhotinho. Agora, estava sendo novamente recusado, desta vez, por não ser um cachorro. **Até parecia piada!**

Num salto, Fernanda se levantou e saltitou até perto da tia que continuava sentada no mesmo lugar, alisando carinhosamente o cangote do seu protegido. Com o cuidado de quem espera levar um choque, ela sentou na pontinha do sofá e, disfarçadamente, começou a observar o bichano. Havia a distância de apenas um gesto a separá-los. Ele não se moveu nem um centímetro. Estava chateado demais para facilitar a situação para aquela menina mimada. No fundo, Fernanda estava morta de vontade de alisar seu cangote felpudo, mas, como era uma renomada turrona, não podia dar o braço a torcer.

– Sabe, tia, até que ele é bem bonitinho... – disse baixinho, como quem não quer nada.

"Modéstia à parte, sou bem simpático", pensou ele. O pessoal do orfanato costumava dizer que ele tinha pinta de grã-fino, porque seu casaco natural imitava um *smoking*. Reparando bem até que parecia mesmo, porque seu corpo peludo era negro, menos o peito e as patas, que lembravam um par de luvas brancas.

O Padrinho gostava de brincar dizendo que ele devia agradecer a Deus por não ter nascido com o tradicional pijama rajado, tão comum aos gatinhos *tomba-latas* (que é como os preconceituosos chamam os gatinhos sem raça definida).

No entanto, verdade seja dita, aquela acusação de preconceito que pesava contra Fernanda era falsa e muito injusta. Isso porque ela simplesmente a-do-ra-va bichos, fossem de qualquer tipo, raça ou nacionalidade. Ela vivia levando bronca dos pais porque queria levar para casa todo bicho perdido que via pelas ruas.

Se estava zangada, não era porque não gostasse de gatos, mas sim por causa da confusão criada entre o presente que esperava receber e o que havia realmente recebido. Nunca desejara magoar ninguém, muito menos sua querida tia. Percebendo a confusão em que se metera sem querer, ela resolveu desfazer o mal-entendido.

– Desculpe o meu chilique, titia... É claro que eu quero ficar com o bichano. O cachorro fica para a próxima vez... Afinal de contas, a gente faz aniversário todo ano, né?

Quase imediatamente após essa promessa de aceitação, uma perfumada nuvem de beijos engoliu a garota, que quase foi sufocada pelo afeto desproporcional da Tia Maluca.

– Isso, meu bem! Ah! Como é generosa essa minha sobrinha!

Fernanda escorregou do abraço de polvo cheiroso da Tia Maluca e olhou diretamente nos olhos do novo irmão. Admitindo o mau começo daquele relacionamento, achou melhor perguntar:

– Por mim está tudo bem, titia. Eu quero que ele more com a gente, mas e se "ele" não quiser mais ficar aqui?

A tia Malu virou seus olhões de coruja na direção da sobrinha e, olhando da menina para o gato e novamente do gato para a menina, considerou por intermináveis segundos aquela possibilidade.

– **Acho difícil,** porém não é impossível que isso aconteça. Mas, tudo bem, sua dúvida é justa diante dessa confusão. Façamos o seguinte: vou para casa e volto daqui a uma semana. Se até lá vocês já não forem **amigos inseparáveis,** eu ficarei com ele e providenciarei **"aquele outro bicho"** para você.

Com esse comentário, tia Malu deu a questão por encerrada, pegou a bolsa e rumou para a porta, afagando uma última vez todas as cabeças que foi encontrando ao longo do caminho. De repente, parou e, como se tivesse esquecido-se de fazer algo muito importante, voltou-se e perguntou:

– Nanda, minha querida, você já escolheu um nome para o meu novo sobrinho?

Um **sorriso maroto** brotou dos lábios da garota, que respondeu sem vacilar:

– Claro... – e após um instante de suspense, completou: – O nome dele é Rex.

A Tia Maluca arregalou os olhos de tal maneira que seus óculos balançaram perigosamente na ponta do nariz, ficando há um passo de se estatelarem no chão. Exclamou, completamente alarmada:

– Nanda, pelo amor de Deus! Rex é nome de CA-CHOR-RO! Acho que você deve escolher um nome que seja mais adequado para um GA-TO! Que tal Chaninho...

A praguinha abriu um enorme sorriso e, com a satisfação de quem finalmente domina as regras de um novo jogo, decretou:

– Tia, isto é PRECONCEITO! Não é porque Rex é um nome que todo mundo coloca em cachorro que eu não posso usá-lo no meu gato. Acho que fica diferente. Além do mais, eu já tinha escolhido o nome do bicho. Não tenho culpa se o bicho veio trocado.

Inconformada, porém com medo de também ser taxada de preconceituosa pela sobrinha, a tia achou melhor não discutir e **calou a boca**. Deu um último aceno teatral e, derrotada, saiu porta afora. Quanto ao gato propriamente dito, não deu a menor bola para a provocação da menina, mesmo porque todo mundo sabe que os humanos são péssimos para escolher nomes. Além do mais, também preferia se chamar Rex a ter que conviver com um nome ridículo como Chaninho.

Mal a tia saiu pela porta, Fernanda aproveitou um instante de distração do novo irmão felpudo para agarrar o pobre coitado. Antes mesmo que ele percebesse o que estava acontecendo, ela colocou a mão no bolso e, dando mostras de **uma destreza inimaginável,** sacou uma coleira e a amarrou em seu pescoço. Era uma coleira estreita, de couro marrom e tinha o nome "REX" gravado numa plaqueta dourada.

– Pronto! Pelo menos não vou perder o dinheiro da mesada que gastei neste presente – resmungou a menina.

Rex ficou indignado e estava decidido a protestar, porém, quando ouviu a palavra "presente", ele se deteve. Afinal de contas era a primeira vez que ganhava um presente que fosse somente seu e, por mais incômodo e inoportuno, não teve coragem para recusá-lo.

A coisa mais importante naquilo tudo, a única que realmente importava, é que agora ele possuía uma casa e pertencia a uma família. Tinha chegado e pretendia ficar. Isso bastava; todo o resto, coisas como o **nome esdrúxulo que recebera,** a coleira inconveniente que apertava seu pescoço, o gênio terrível daquela garota, tudo, enfim, eram detalhes que **não conseguiam abalar a estratosférica felicidade que sentia.**

O TOMBO

Apesar da alegria por ter finalmente encontrado um lar, a verdade é que nosso pobre amigo não estava tendo um dia nada fácil. Se alguém já esqueceu como essa história toda começou, é preciso **refrescar a memória,** porque Rex jamais a esquecerá.

Lá estava ela, Fernanda, também chamada pelas costas de "pestinha", dependurada na estante como uma **alpinista sem montanha,** há um passo de espatifar-se no chão.

Nessa situação extraordinária, nosso felpudo amiguinho, apesar da desconfortável condição de recém-chegado, sentiu a obrigação moral de fazer alguma coisa para impedir que acontecesse uma tragédia. Sem pensar duas vezes, Rex saiu correndo pela casa afora, entrando e saindo de cômodos desconhecidos, procurando por alguém que o ajudasse a evitar o inevitável.

Quando já estava quase desistindo de encontrar ajuda, Rex invadiu o que parecia ser um escritório e encontrou um sujeito trabalhando no computador. Pelo jeitão, devia ser o pai das meninas.

E agora? Como fazer aquele grandalhão compreender aquela situação de emergência? Teve uma ideia maluca e resolveu colocá-la em prática, pois o pânico que sentia lhe daria coragem. Mirou na canela do pobre coitado e investiu com as unhas de fora, tentando arranhá-lo somente o suficiente para chamar sua atenção. O grandão tomou um susto tão grande com aquele ataque inesperado que quase caiu da cadeira. Gritou a plenos pulmões:

– Aaaiii! Fernaaaandaaaa! O que esse bicho raivoso está fazendo aqui?

Apesar de agressiva e pouco recomendável, a tática escolhida por Rex funcionou perfeitamente. Passado o susto inicial, o pai sentiu uma raiva assassina que o fez levantar-se de um pulo da cadeira e sair correndo atrás do pequeno agressor.

Seguiram porta afora em disparada, o Rex na frente, sendo perseguido pelo pai que vinha logo atrás, colado em seus calcanhares. Dobraram o corredor na direção do quarto de Fernanda e, mal entraram, o grandão se esqueceu completamente do agressor, perplexo diante da visão do desastre iminente:

– Maria Fernanda! **Desce já daí!** – gritou desesperado e imediatamente se arrependeu. O grito encheu o ar como **um ciclone**, fazendo tremer as paredes e colocando em perigo o já delicado e quase inexistente equilíbrio da situação.

Imaginem a tenebrosa cena: em cima de uma cadeira balançante estão alguns livrões de enciclopédia e, sobre eles, uma menina se equilibra com dificuldade na pontinha dos pés.

Quando a voz aflita do pai encheu o ar, a cadeira oscilou perigosamente e começou a escorregar. Com o susto Fernanda perdeu o sopro de equilíbrio que a sustinha e ficou com um dos pés patinando nervosamente no ar, sendo que no instante seguinte os livros também começaram a escapar, um depois do outro. Era definitivo: dessa vez ela ia se esborrachar no chão!

Foi quando o pai respirou fundo, acreditou que era um super-herói qualquer, tomou impulso e sem pensar em mais nada pulou em direção à filha que pairava no ar em queda livre, como uma jaca pra lá de madura que caísse do pé.

Com um enorme estrondo, eles aterrissaram milagrosamente sobre a cama, de onde rolaram com um penoso solavanco para o chão. Graças a Deus e a todos os santos que protegem as crianças arteiras, mesmo depois da aterrissagem forçada, eles pareciam estar em boas condições, ou seja, sem nenhum arranhão.

O coitado do Rex mal havia recuperado o fôlego, quando a menina livrou-se do abraço salvador do superpai, colocou as mãos na cintura na sua já conhecida pose de xícara e começou a reclamar:

– Ôooo, pai, você me atrapalhou!
Eu tava quase alcançando o meu livro!

Confuso, esbaforido e trêmulo pelo esforço, o pai seguiu com o olhar a direção em que a ingrata apontava um dedo acusador. Como ele não podia acreditar naquilo que ouvia, rugiu:

— **Como é que é?** Deixa ver se entendi: eu atrapalhei? A senhorita quase se mata caindo daquela altura e ainda tem coragem de dizer que EU atrapalhei, impedindo que você desse com a cara no chão! – ele agora, simplesmente, babava de raiva. — *Quantas vezes eu preciso repetir que você não pode ficar se pendurando por aí em tudo o que vê, como se fosse uma macaca???*

O quarto tremeu novamente, mas dessa vez por causa da fúria dos gritos do grandalhão. Rex começou a achar que, se estivesse na pele daquela guria, pensaria duas vezes antes de continuar chateando o cara, porque, passado o susto inicial, ele estava ficando nervoso de verdade.

A atuação da atriz mirim era algo impressionante de ver: como por encanto, seus **olhões negros** ficaram rasos de lágrimas verdadeiras e sua voz tornou-se meiga, **cheia de dengo.** Foi assim, subitamente transformada numa versão extragrande da Barbie, que ela voltou ao ataque:

– Eu sei, paizinho, mas era uma emergência! Não tinha ninguém "ALTÃO" como você por aqui e eu pre-ci-sa-va muito pegar aquele livro que estava lá em cima!

Pelo pouco que Rex pôde notar, parece que o velho truque sempre funcionava com o grandão. **Como num passe de mágica,** o pai esqueceu a bronca e, puxando a filha para mais perto, passou a afagar sua cabeça, aproveitando a deixa para examiná-la sutilmente em busca de algum calombo provocado pela queda. Rex, que observava a cena atentamente, sentiu uma pontinha de inveja. Pai: que invenção maravilhosa era essa...

Em seguida, o pai sentou a menina na cama, como se ela fosse feita de cristal, caminhou até a prateleira que ainda há pouco servira de Monte Everest para a filha e perguntou:

– **Pego qual deles?**

– Aquele ali... Com a capa cor de laranja – indicou.

– **"As reinações de Narizinho",** de Monteiro Lobato – leu ele em voz alta, identificando o livro que a menina apontava. – Sabia que eu também li a coleção de livros do Sítio do Pica-pau Amarelo, mais ou menos quando tinha a sua idade? – comentou o pai, cheio de saudade.

– Pai! Aproveita que você já está com a mão na massa e pega o Euclides também! – pediu ela com ar gaiato. Ele esticou bem o braço e puxou lá de cima um velho e desbotado cachorro de pelúcia marrom.

O coitado do Rex ficou ainda mais surpreso ao constatar que todo aquele barulho e risco de vida tinham sido causados por um livro empoeirado e um depauperado cachorro de brinquedo, encardido por anos de sujeiras muito resistentes ao sabão em pó.

Ao que parecia, seu nome era Euclides, tinha um enorme nariz vermelho e tristonhos olhos desbotados. Naquele momento o pobre gato agradeceu aos céus por ter sido batizado com o nome de Rex.

O pai finalmente colocou nas mãos ávidas da filha as coisas que quase haviam custado seu nobre pescoço. Em seguida, deu uma inclinada de cabeça na direção do gato, querendo dizer: "E esse baixinho perigoso aí, quem é?". Fernanda entendeu na mesma hora e respondeu:

– Ah! É o meu gato. O nome dele é Rex! Ganhei de presente da tia Malu. Ela disse que ele é meu novo irmãozinho... – e Nanda riu.

O pai pensou por um instante. Será que tinha ouvido bem?

– "Rex"? Filha, acho que não entendi... **Rex não é nome de cachorro?**

Nanda suspirou profundamente. Deu de ombros e saiu andando, deixando claro que não estava disposta a dar explicações para gente preconceituosa.

O pai achou melhor não discutir; abaixou-se e ergueu o pequeno Rex, que, quando deu por si, já estava com as pernas balançando no ar, à distância de alguns centímetros de seus olhos, os quais eram tão grandes quanto os da filha, só que azuis.

– Trate de voltar aqui, mocinha! Quero que agradeça a esse baixinho aqui por você ainda estar com todos os ossos do corpo no devido lugar!

De repente sorriu largamente, como se fosse apenas um menino que tivesse feito uma grande descoberta:

— Agora entendo o motivo para todo aquele desespero, o **ataque furioso** à minha canela... Ele estava tentando me avisar que você corria perigo! Que garoto esperto! Ele merece o nome que tem, porque é um verdadeiro gato de guarda! Belo trabalho, Rex!

Pronto, no fim, **tudo dava certo.** Rex estava feliz, adepto que é da filosofia de que tudo está bem quando termina bem. Pensava: "Puxa vida! Vejam como a gente se engana... Não é que o grandão é um cara legal?".

Em seguida, o pai tocou todo mundo para fora do quarto, dizendo:

— Acho melhor você espanar o Euclides lá fora... Se a sua mãe vir você sacudindo esse bicho aqui dentro, ela vai ter um ataque!

Nanda saiu correndo na frente de todos e já estava no topo da escada, quando parou repentinamente. Antes de descer, olhou para trás e chamou:

– Pai?

– O que é filha?

– MACACA É A SUA AVÓ! – gritou ela e saiu correndo escada abaixo, rindo como um cientista maluco.

– Fernanndddaaaa!!! – berrou o pai.

Nanda continuou correndo no mesmo pique até o quintal, arrastando o velho cachorro de pelúcia pelas orelhas, cujo enorme nariz vermelho esfregou o chão durante todo o trajeto. Rex vinha logo atrás, caminhando no seu passo macio de felino.

A menina só parou quando encontrou o que procurava: lá estava a pequena Mariana, sentada no balanço de madeira que seu pai havia dependurado no gigantesco *flamboyant* que reinava absolutamente soberano naquele jardim. Ao vê-lo, o coração de Rex parou de bater por um segundo e ele parou para contemplar aquela imensa escultura de madeira, com seus galhos delgados enfeitados por delicadas flores vermelhas.

Fernanda caminhou até a grande árvore, onde a irmãzinha se balançava lentamente, e, largando o cachorro em seu colo, disse:

– Toma, Pastel... De hoje em diante você pode ficar com o Euclides. **O gato é meu.** Venha, Rex! – e a menina saiu correndo de volta para casa, sem sequer olhar para trás.

Se pensou que ele a seguiria, alegre e saltitante, como se fosse um cãozinho de estimação qualquer, estava redondamente enganada. Decerto aquela menina não entendia nada de gatos! Os gatos são bichos independentes que **só vão para onde querem** e na hora em que bem entendem! Não são escravos dos caprichos de seus donos, porque têm muito **carisma e personalidade.** Ela ainda tinha muito que aprender sobre os felinos.

Além do mais, havia aquela árvore gloriosa chamando por ele, hipnotizando-o com seus tentáculos verdes, pedindo uma **exploração radical** e imediata. Então, ele simplesmente ignorou o chamado e ficou por ali mesmo, apenas observando o terreno, procurando um lugar por onde pudesse começar sua escalada.

Enquanto ele se distraía pensando na aventura da Grande Escalada do Flamboyant, a menina a quem Fernanda chamava de Mariana Pastel o agarrou por trás e começou uma árdua tentativa de tirá-lo do chão. Seu primeiro impulso foi o de agarrar-se nela com todas as suas forças para não cair, já que o desequilíbrio da situação era evidente. Mariana queria porque queria pegar o gato no colo, mas é claro que suas mãozinhas de criança não podiam suportar tanto peso. Ele começou a rezar. Não queria machucá-la colocando as unhas para fora e, ao mesmo tempo, não sabia o que fazer para se livrar dela. Resolveu que faria literalmente um "corpo mole", na esperança de que, diante de tanta dificuldade, ela desistisse.

Foi um tal de segurar daqui e de escorregar dali que não acabava mais, até que Mariana finalmente percebeu que aquilo não tinha como dar certo e decidiu largá-lo.

– Num dá. Num cunsigo. É bu-ni-ti-nho, mas muuuuuito pesado... – resmungou a guria. Exausta, desistiu do impossível e caiu sentada sobre a grama do jardim.

Um beicinho de desaprovação surgiu em sua cara de boneca e Rex ficou com medo de que ela abrisse um berreiro. Então, para compensá-la do desapontamento de não conseguir tirá-lo do chão, ele decidiu ser legal e ficou para lhe fazer companhia.

Sentados no gramado, entre panelinhas e pratinhos de plástico cor-de-rosa, ficaram um tempão brincando de casinha naquela maravilhosa tarde de sol. Ao que Rex pensou alegremente: "A escalada do *flamboyant* pode ficar para depois". Muito melhor era desfrutar o prazer de finalmente pertencer a uma família de verdade!

O "OUTRO" PRESENTE

Aquele sábado ficaria gravado na memória de Rex como um dia imensamente comprido, desses que parecem que não vão acabar nunca. Enquanto Mariana preparava suas exóticas receitas com capim esmagado e caule de margaridinha, eles iam conversando e se conhecendo melhor. Parece que a garotinha tinha o raro talento de compreender os animais, coisa que favorecia em muito a comunicação entre os dois.

– Miau? – perguntou Rex, querendo dizer: "Por que a Irmã Real, Vossa Majestade, Dona Maria Fernanda I, te chama de Pastel de Palmito?".

– Ela me chama assim puque diz que eu sou qui nem pastel de palmitu, qui é sem graça, mas qui todo mundu gosta.

– Miau – "**Não liga, é puro ciúme**", respondeu ele.

A pequena abanou a cabeça; ela não ligava mesmo. Sabia que a brincadeira favorita da irmã era colocar apelidos em tudo o que via e que seu temperamento era terrível. **Não que ela fosse má pessoa;** a tia Malu costumava dizer que Fernanda era hipercriativa, porém Mariana concordava com a mãe, que reclamava sempre que a irmã aprontava:

– *Essa menina é "da pá virada".*

De repente a baixinha resolveu encerrar a brincadeira porque toda aquela "fazeção de comida" estava lhe dando uma fome horrível que só seria aplacada com comida de verdade. Então ela convidou Rex a voltar para casa e fazer um lanchinho, porém, eles encontraram a cozinha na maior bagunça.

Rex ficou surpreso com a animação que havia ali e pensou qual seria a razão para todo aquele corre-corre. Ele viu quando Mariana se enroscou nas pernas de uma mulher que falava ao telefone e que só podia ser a Mamãe Pastel.

– **Não é bem uma festa...** Vamos fazer só um bolinho para o aniversário da Nanda não passar em branco... Ela trocou a festa por outro presente... – explicava para alguém do outro lado da linha.

Ele ouvia o papo-furado com estranheza, porque não conseguia imaginar nenhum presente que pudesse ser melhor do que uma "Festa de Aniversário". Para matar a curiosidade, apelou para Mariana.

– Miau? – "Que presente tão especial é esse, que vale uma festa?", perguntou.

Mariana contou que a irmã teve a brilhante ideia de fazer a "troca", logo depois de passar por uma outra **situação de emergência.** Parece que a vida naquela casa era um estado permanente de emergência, só variando o nível de gravidade.

Pelo visto o pai descobriu que Fernanda havia estado no escritório e bagunçado tudo no computador.

Foi justamente num dia em que Mamãe Pastel precisou sair e deixou a empregada cuidando das garotas. **Fernanda esperou até que a moça estivesse bem ocupada** com a roupa na lavanderia para atacar. Ela colocou a irmãzinha para assistir a um desenho muito chato na televisão e esperou pacientemente que ela adormecesse para avançar com seu plano. Era uma chance imperdível para a pestinha fazer uma rápida pesquisa no computador que, **apesar de proibido,** sempre fora o objeto do seu desejo.

As meninas sabiam ligá-lo e podiam brincar com seus jogos preferidos, mas somente sob as vistas do pai, o que, na opinião de Fernanda, tirava toda a graça. Mariana nunca pensaria em desobedecer a ordens tão claras. **Mas com Nanda a coisa era diferente:** ela era a irmã mais velha e, também, muito corajosa! **Adorava um desafio.**

Ela desejava a liberdade de brincar sozinha, de poder entrar em todos aqueles programas que somente o pai conhecia. Ele rezava sempre na mesma cartilha, repetindo:

– Isso não é um brinquedo... Você é muito nova! Nem pense em mexer aqui!

Basicamente, Nanda achava que o problema real era que ela era sempre considerada muito nova para quase tudo que fosse realmente interessante. Navegar na internet? **Nunca!** Abrir os programas mais legais? **Nem pensar!** Só podia jogar com a irmã os mesmos joguinhos sem graça de sempre. Ela queria fazer tudo do seu próprio jeito, sem ninguém para dar palpites o tempo todo!

Bom, até aí nada de errado, não é? Mas parece que com os computadores as coisas são um pouco diferentes, um pouco mais complicadas. Rex ficou muito impressionado quando Mariana contou que é preciso tomar muito cuidado e prestar muita atenção aos comandos. Fernanda explicara à irmã que **o computador fica maluco por qualquer coisinha e,** quando a gente menos espera, ele começa a fazer uma porção de bobagens.

– Se a gente não faz a coisa certa, na hora certa, ele trava... Ele sofre de um problema grave, **ele tem "tilt"...** – ou pelo menos foi essa a conclusão a que Fernanda chegou, depois de muito investigar o assunto.

No entanto, na primeira oportunidade que surgiu ela caminhou pé ante pé até o escritório do pai, ligou o dito cujo e **fez uma bagunça imperdoável** por lá.

A certa altura do campeonato a caçula acordou e resolveu procurar a irmã, mas, quando percebeu que a praga **estava armando mais uma arte,** pensou melhor e voltou para o sofá. Ficou ali bem quietinha, fingindo que dormia como um anjo, mas vigiando a porta da frente.

Quando Mariana ouviu um barulho de chave girando na porta da sala, sabia que era Mamãe Pastel voltando das compras e tratou de gritar a senha contra intrusos para que a irmã arteira ouvisse e saísse correndo:

– O lobo chegou! Olha o lobo! – gritou e tornou a fingir que dormia, enquanto torcia para que Nanda tivesse ouvido.

Esse velho truque sempre funcionava. A mãe entrou, viu a filha adormecida e cruzou a sala a passo leve, indo direto para a cozinha. Mariana respirou aliviada, achando que a barra estava limpa.

Enquanto isso Fernanda saiu correndo, toda afobada, e foi se refugiar em seu quarto. Ficou lá bem quietinha pelo resto da tarde, fingindo que não tinha feito nada demais e que era a criatura mais doce e inofensiva da face da Terra.

De nada adiantou toda aquela quietude, porque os adultos são muito observadores. Assim que o pai pisou em seu território, percebeu que havia algo muito podre no reino da Dinamarca computadorizada.

Movido pela paciência vingativa que só gente grande tem, esperou passar a hora do jantar e, somente depois da sobremesa, chamou a provável intrusa para uma conversinha no escritório onde jaziam intactos os vestígios da cena do crime.

A coisa não ia nada bem para o lado da irmã, e Mariana, morta de curiosidade, não queria perder nadinha da sequência dos acontecimentos. Na ponta do pé ela foi até o escritório, entrou sem ser vista e se escondeu atrás da cortina; ficou na escuta, tão quietinha que mal respirava, observando a carranca séria do pai que **sinalizava encrenca.**

– Vejamos – começou ele em tom solene. – Problema n. 1: **a mocinha me desobedeceu** pela milionésima vez quando entrou sozinha neste escritório – o sangue de Nanda gelava nas veias quando o pai a chamava de "mocinha", porque isso significava que dessa vez a velha estratégia de abrir o berreiro não ia salvar sua pele.

A mãe, que também foi intimada a comparecer à **torturante reunião,** aguardava o desenrolar dos acontecimentos encostada no batente da porta, com cara de poucos amigos.

– Problema n. 2: ignorando todas as minhas advertências, a mocinha ligou o meu computador, bagunçou os meus arquivos e, ainda não satisfeita com isso, **jogou tudo no LI-XO!** – as meninas sabiam que, quando ele começava a separar as sílabas, era sinal de perigo à vista.

– Misturou todos os meus DVDs com os CDs! – ele estava ficando vermelho como um pimentão. – Ainda por cima, saiu daqui como um RA-TO e não desligou a impressora! – ele tremia de raiva e Mariana teve certeza de que nunca em toda sua curta vida vira o pai tão bravo.

– Problema n. 3: eu não sei o que fazer com você, mocinha! Acho que dessa vez você passou dos limites e vai levar uns tapas pra aprender a O-BE-DE-CER! – ao ouvir a temida palavra "tapas", a mãe deu um passo à frente, colocando-se na defensiva. Mariana, mesmo sem perceber deu um passo atrás, se encolhendo mais ainda em seu frágil esconderijo até ficar do tamanho de uma pulga. Foi uma verdadeira noite de terror aquela, e só de lembrá-la a coitadinha ainda sentia calafrios.

Depois que o pai se cansou de atemorizar a filha arteira com suas ameaças, ainda recitou o sermão "Dever *versus* Responsabilidade" inteirinho. Enquanto isso Mariana, que bancava a "estátua de pulga", quase dormiu em pé, presa em seu esconderijo atrás da cortina. Só depois dessa eternidade de tormentos morais é que o pai deu-se por satisfeito e proclamou a sentença para a condenada: uma semana inteira sem ver televisão, nem comer sobremesa. Justificativa para o castigo prolongado: a peste ter bastante tempo para pensar na sua vida de crimes.

Quando finalmente todo mundo saiu do quarto e Mariana pôde abandonar seu esconderijo, encontrou

Fernanda ostentando aquela sua famosa tromba, digna de fazer inveja a um elefante africano tamanho família.

– Não faz mal. Vou aproveitar esse tempo para aprender a jogar xadrez. Sobremesa? Ele que coma tudo sozinho até explodir! – resmungou cheia de desdém, balançando para cima e para baixo os ombros magricelas de boneca de pano.

– **Você viu? Ele me chamou de rato...** Vive me comparando com bichos idiotas... Se eu sou rata é porque sou filha de rato. Ele é que é um rato gigante! Um ratão nojento de olho azul! – rosnava e soltava pragas, toda cheia de razão.

Passada a semana do castigo, que a despeito da rebeldia inicial foi cumprido com louvor, Fernanda percebeu que o pai já a tinha desculpado quando ele teve a simpática iniciativa de lhe trazer um bombom.

Aquele pequeno mimo animou Fernanda a tentar colocar em prática a brilhante ideia que tivera naquele período de calmaria forçada, enquanto fora obrigada a pensar na vida: trocar a sua tão esperada "Superfesta-de-Aniversário-no-Playland-do-Shopping" por um computador que fosse somente seu.

À noite, depois do jantar, ela se encheu de coragem para falar com o dragão. Ele ouviu com atenção e permaneceu em silêncio por um longo tempo. Coçando o queixo, **perdido em pensamentos,** talvez sem acreditar na suprema cara de pau daquela guria. **Pego de surpresa e ainda ferido em seu orgulho** de autoridade ofendida, pensou em recusar a proposta sem maiores discussões. Porém, **de repente,** foi assombrado pela lembrança de seu pobre computador violado, de seus arquivos tão queridos jogados na lata de lixo virtual e na tentação permanente que ele representava. Conhecendo a filha que tinha, achou que era melhor negociar:

– Vamos ver se eu entendi direito: você quer trocar sua "Superfesta" por um computador?

Recebeu um abano afirmativo de cabeça como resposta. O pai fez cara de esfinge, enquanto fingia refletir sobre a proposta indecente por mais alguns segundos.

– Ok. Tudo bem. **Mas tem uma condição:** você terá que prometer que deixará a Mariana brincar também. E não quero saber de brigas entre vocês! Já sabe: se brigar, o computador dança – falou e voltou a erguer o livro que tinha nas mãos; gesto que certamente dava a questão por encerrada.

Sabendo que nada na vida é perfeito, Fernanda aceitou imediatamente o trato. Depois, foi tomada por uma súbita euforia infantil, e escalou o sofá de um salto para cobrir o pai com beijinhos irresistíveis. E lá ficaram por um terno momento: o rato pai abraçando a cria, uma certa ratinha levada da breca.

Foi assim que a "Superfesta-de-Aniversário" foi trocada pelo "Simples-Bolinho-Feito-em-Casa" acompanhado pelo maravilhoso computador, que, aliás, ainda não dera o ar da graça naquele longo dia que não acabava mais.

A FESTA

Quando a pequena Mariana terminou de contar sua história, Rex percebeu que, por uma **mágica** coincidência do destino, ele estava ganhando uma família no mesmo dia em que aconteceria uma festa. Cansado com tantas **emoções,** ele escolheu um cantinho na cozinha para ficar sozinho, só observando o movimento.

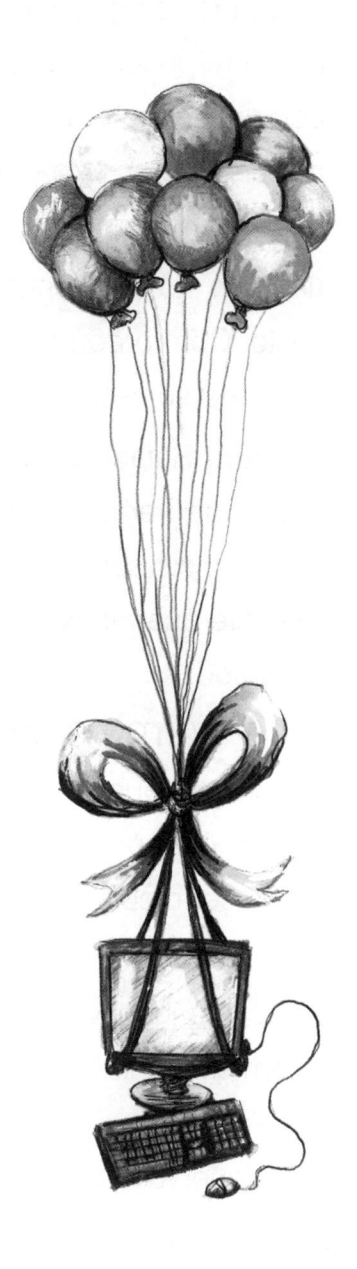

A preguiça foi tanta que ele acabou cochilando e, quando acordou, deu com a cozinha vazia. "Pra onde foi todo mundo?", pensou. Arrastou-se até a sala e, para sua completa surpresa, descobriu um cenário incrível: havia balões coloridos e uma grande mesa enfeitada com salgadinhos e docinhos. Procurou mais um pouco e lá estava o tal bolinho, que lhe pareceu um sonho em forma de glacê branco arrematado por uma porção de velinhas cor-de-rosa.

A campainha da porta tocou com um som tão estridente, que quase matou o coitado de susto. Com o coração aos pulos, ele saiu correndo e tratou de se esconder debaixo do sofá.

Era Rafael, o vizinho da casa ao lado e melhor amigo de Fernanda, quem chegava à festa. Mesmo entalado em seu sofá-esconderijo, Rex pôde ouvir claramente quando Nanda arrastou o menino pelo braço e intimou:

– **Vem ver meu bicho...** – em seguida, lembrando que a tia Malu poderia estar pelas redondezas, ela completou politicamente correta. – Venha conhecer meu novo irmãozinho...

– **Saia daí! Vem aqui, vem!** – uma mãozinha inconveniente, que ele sabia muito bem de quem era, tentava trazê-lo à força para fora do seu esconderijo. Rex, que normalmente era calmo, começou a ficar nervoso com toda aquela falta de educação.

— **Miauuuuuuu!** – deu um rosnado baixo para dizer: "Vão embora! Deixem-me em paz!".

Ficou bravo de verdade e o miado soou um pouco mais alto e mais agressivo do que ele pretendia. **Apesar do exagero,** funcionou perfeitamente, porque, depois da demonstração de agressividade, os chatos decidiram **ir embora e deixá-lo em paz.** Rex ainda ouviu o menino resmungar antes de se afastar completamente:

– Puxa! Ele é sempre assim mal-humorado? – ao que ninguém respondeu, porque também não sabiam.

Pouco depois Mariana encontrou o seu esconderijo, mas em vez de tentar convencê-lo a sair, achou melhor pedir permissão para entrar. Perguntada sobre o garoto, ela explicou que **Nanda e Rafael eram velhos amigos.** Contou que eles estavam sempre juntos e na escola eram conhecidos por "dupla do barulho", porque viviam metidos em encrencas. Eram como unha e carne, praticamente inseparáveis.

Pelo tom pouco animado da menina, Rex achou que havia uma pontinha de ciúmes em seus comentários. Mariana achava que Nanda gostava da companhia do menino, apesar de ser menino, porque ele topava todas as paradas e nunca achava nada perigoso ou esquisito demais.

Decerto, todas as outras amigas de Fernanda quase sempre **tinham medo de alguma coisa**, o que atrapalhava a maioria das aventuras e brincadeiras. Já Rafael era esperto, corajoso e não tinha medo de coisa alguma. **Mas como ninguém é perfeito,** digamos que o seu raciocínio era um pouco mais "devagar" do que o da amiga e não era sempre que ele conseguia acompanhar a agilidade do seu pensamento.

Para melhor tirar proveito de sua vantagem intelectual, Nanda usava um expediente nada delicado: quando tinha uma ideia nova, ela tratava de explicar tudo muito rapidamente, para logo em seguida perguntar com desdém:

– *Entendeu ou quer que eu desenhe?*

Ainda bem que ele não levava a sério sua aparente arrogância e, no fundo, já estava acostumado com sua liderança.

Aquele sofá-esconderijo, seguro e confortável, era o lugar ideal para Rex observar a primeira festa de sua vida. Daquela distância podia examinar melhor o tal Rafa: um sujeito baixinho, sardento, com mechas de cabelo loiro caindo sobre os aguados olhos verdes. Clarinho, quase desbotado, fazia um enorme contraste com a beleza morena de Fernanda.

Ela era um pouco mais alta; seus olhos negros, rodeados por enormes pestanas, pareciam duas janelas abertas para o mundo. O cabelo, preto e escorrido de tão liso, descia pelos ombros. Quem visse os três brincando juntos, certamente imaginaria que Rafael fosse o irmão de Mariana, porque a menina também era loira e baixinha.

Quando a praga queria ofender os dois ao mesmo tempo, dizia que "os loiros lerdos" é que eram irmãos. **Inventou uma história fantástica** sobre o nascimento deles, dizendo que tinham sido abandonados ainda bebês numa lata de lixo em frente à sua casa e que cada uma das famílias vizinhas decidira adotar uma das crianças loirinhas e enjeitadinhas.

Nessas ocasiões Mariana corria aos prantos para o colo da mãe e Rafael fingia que, além de loiro, também era surdo. **Mesmo levando broncas gigantescas** dos pais, Fernanda adorava essa brincadeira de mau gosto e sempre a ressuscitava quando queria azucrinar a irmã caçula e o amigo.

Muitos anos ainda se passariam antes que os pais conseguissem, com a ajuda de fotos, vídeos e depoimentos de familiares, convencer a pequena Mariana de que ela sempre pertencera à família Braga, que jamais frequentara uma determinada lata de lixo na companhia de Rafael e que Nanda, apesar de absolutamente morena e diferente dela, era sua verdadeira irmã.

A certa altura da noite, Rex cochilava tranquilamente, quando acordou assustado com o pessoal cantando o "Parabéns a Você". **Ficou com raiva por ter dormido tanto** e percebeu que estava perdendo o melhor da festa por causa daquela preguiça toda. Resolveu esticar o esqueleto e foi se aventurar do lado de fora do sofá.

Encontrou Fernanda sentada aos pés do mesmo sofá onde estivera escondido e imediatamente percebeu que, apesar da animação da festinha, dos presentes que recebera e dos brigadeiros com que se empanturrara, a **menina mantinha as antenas ligadas no pai**. Lá estava ele, a uma pequena distância deles, sentado em sua poltrona predileta e completamente **hipnotizado por um filme de ação**. Não precisava ser vidente para adivinhar que ela estava chateada com a demora na entrega do tal presente especial, que até aquela hora tardia não tinha dado as caras. De repente, **perdendo o resto da paciência** que não possuía, ela se levantou num salto de perereca e saiu correndo escada acima, como que **decidida a encontrar o presente** desaparecido. Rex, que era um sinônimo de curiosidade em forma de gato, foi atrás dela.

No quarto de Fernanda, adivinhem quem estava à sua espera? Em cima da escrivaninha de estudos, **reluzente e maravilhoso,** o tão desejado computador!

Movida pela gratidão e pelo exibicionismo, a garota voltou correndo para a sala, encheu o pai e a mãe de beijos melados de brigadeiro e chamou:

– Hei! Pessoal! Encontrei meu presente! Venham, está lá no meu quarto... – agarrou Rafael por uma mão, Mariana pela outra e juntos trotaram escada acima para ver a novidade.

Parece que aquela era a senha para a festa se mudar para o andar de cima da casa, e todo mundo seguiu atrás deles. **Nanda pensou que fosse explodir** de tanta felicidade, mas, no fundo, lamentou não estar só para poder curtir o seu presente em paz. Eram tantas mãozinhas (das crianças que aprendiam), e mãozonas (dos adultos que achavam que ensinavam) sobre o micro, que a coitada mal acompanhava o que eles estavam fazendo! Parecia um piano tocado a quarenta mãos.

Perdida entre tantos palpites, sua mente esperta logo percebeu que o aparelho era muito mais que um brinquedo; era uma porta aberta para um mundo de coisas novas, e aprender a lidar com ele era uma tarefa que levaria tempo e daria muito trabalho.

A aula-bagunça seguiu noite adentro, até que finalmente Mamãe Pastel abriu a porta e fez aquela careta de "hora de dormir", que encerrava qualquer assunto. O pai desligou o microcomputador e encerrou a festa, ganhando uma senhora vaia da galerinha.

– Chega, chega! Mamãe tem razão, é hora de ir dormir! Amanhã tem mais – dizia ele, enquanto Fernanda aproveitava para empurrar pela porta afora um a um de seus convidados. O aniversário de Fernanda tinha chegado ao fim, mas, acreditem, a diversão de verdade estava apenas começando.

A TEMPESTADE E O ACIDENTE

No dia seguinte, um ensolarado domingo de verão, fazia um calor capaz de derreter uma geleira. Rex acordou cedo, incomodado pelo calor que sua natureza felpuda não ajudava a suportar. Na tentativa de encontrar um refúgio fresquinho, ele foi para o jardim. Precisava de um quartel-general, mas bastou uma olhadela para perceber que o melhor lugar seria o magnífico *flamboyant*. Senhor supremo daquele quintal, ele serviria perfeitamente como torre de observação. Era um lugar digno dos sonhos de qualquer felino.

Foi empoleirado num galho troncudo, lá nas alturas, que nosso pequeno Rex passou a entender melhor o significado da palavra felicidade. Aquele era um lugar especial: à vista belíssima juntava-se uma brisa refrescante, que funcionava como um potente ar-condicionado.

Resolvido a desfrutar de todo aquele inesperado conforto, preguiçou por ali quase o dia inteiro, principalmente porque ainda se sentia um pouco tímido para transitar livremente pela casa. Isso sem falar que, quando estava lá embaixo, de cinco em cinco minutos aparecia alguém querendo tirá-lo do chão. Imaginem a situação: ter que viver com aquele calor insuportável, vestindo um casaco de pele irremovível e, ainda por cima, ficar passando de colo em colo, como se fosse um bebê peludo. Nem pensar.

Fernanda, claro, foi a única com coragem suficiente para tentar segui-lo na escalada ao *flamboyant* e, mesmo assim, desistiu no meio do caminho. Ficou lá embaixo uma boa meia hora exigindo que ele descesse. Como não foi obedecida, saiu **pisando duro** e manifestou o ardente desejo de que ele quebrasse seu nobre pescoço de gato antissocial.

As meninas não conseguiam entender tanta necessidade de privacidade, e a interpretavam como pura e simples antipatia. O incompreendido ficava emburrado lá em cima, enquanto as pequenas ficavam emburradas cá embaixo. A mãe balançava a cabeça em sinal de descontentamento, enquanto o pai dava sonoras gargalhadas:

– **Deixem o coitado em paz!** Não percebem que ele está com calor? Filha, por que não tenta ver as coisas pelo lado dele: experimente vestir um casacão de lã num dia quente como este e veremos como fica seu humor... – dizia ele, com um sorriso maroto no rosto.

Fernanda retrucava baixinho como seria bom poder descer o machado naquela maldita árvore, mas certamente era da boca para fora, porque na escola ela sempre tirava nota dez em ecologia.

O impasse continuava e já era tardinha quando Rex foi sacudido de sua preguiça por uma forte rajada de vento. De repente, o céu foi tomado por imensas nuvens negras, todas bem gordas de chuva. **Ao ribombar do primeiro trovão,** ele desceu correndo a toda velocidade para casa, porque, além de possuir a aversão natural dos felinos à água, havia seu trauma particular. Um grande medo morava em seu coração, decerto por ainda se lembrar da terrível noite de tempestade em que, sendo apenas um bebê, fora abandonado numa cestinha à porta do orfanato.

Mal Rex entrou em casa e Fernanda o agarrou:

– **Seu covardão!** Sabia que era só começar a chover pra você vir correndo pra casa. Eu devia te trancar lá fora, de castigo na chuva, pra você aprender a deixar de ser chato!

Mariana, ouvindo a ameaça, abriu a boca para protestar, mas antes que pudesse emitir qualquer som Fernanda emendou:

– **É só brincadeirinha...** – e ia subindo a escada com o gato debaixo do braço, quando parou para chamar a irmã. – Vamos lá pra cima olhar a chuva da janela. O último a chegar é um pastel de jiló!

Lá no quarto Fernanda, Mariana e Rex tinham acabado de se empoleirar na janela, quando viram

Rafael chegar correndo em meio à chuva que começava a cair.

– Entra, toupeira! O portão está aberto! Você vai ficar todo molhado se continuar parado aí desse jeito! – aos berros, Fernanda orientava seu pobre súdito a entrar em seu palácio amarelo.

– Mãããăe! Corre! Abre a porta depressa para o Rafa entrar!

Dali um instante estavam todos reunidos no quarto, comendo os muito apropriados bolinhos de chuva que Mamãe Pastel trouxera e brincando de "fugir-do-cachorro-molhado". Como não poderia deixar de ser, o "cachorro molhado" era o próprio Rafael, que estava completamente encharcado. Não demorou nada para que a coitada da Mariana perdesse a brincadeira. Para não se transformar na segunda versão do "cachorro molhado", ela saiu correndo escada abaixo para reclamar com quem lhe desse ouvidos. Rex ficou muito revoltado com aquela injustiça e resolveu seguir a pequerrucha em sinal de solidariedade.

Rafael, bastante chateado, reclamou com aquela que se achava a dona do mundo:

– Viu o que você fez? Por sua causa eles foram embora e a brincadeira acabou. Você podia ter deixado que ela fosse um cachorro seco, não podia?

– Tá maluco? E cadê a graça? Se a parte mais legal da brincadeira era molhar o novo cachorro...

– Quer saber: cansei. Não brinco mais.

O menino era bonzinho, porém, quando se aborrecia, era mais teimoso do que um burro empacado. Assim, brigados, foi um para cada lado. No fundo, estavam mais aborrecidos com aquela chuvarada que os obrigava a ficar trancados no quarto, do que propriamente um com o outro. No fim, o resultado era o mesmo, marasmo total.

Foi então que Fernanda, que não aguentava ficar quieta um segundo a mais do que o tempo que se leva para dizer "encrenca", teve a brilhante ideia de ligar o computador, apesar do verdadeiro dilúvio que caía lá fora. Rafael não gostou nadinha daquela história:

– Tsst, tsst, tsst... Se eu fosse você não ligava esse micro... Meu pai sempre diz que a gente não deve ligar nenhum aparelho eletrônico quando está chovendo forte – e como se precisasse de argumentos que confirmassem sua teoria, correu para a janela a fim de verificar o real volume da tempestade.

– Escutou esse trovão? – perguntou, aflito. – Está chovendo pra caramba!

Fernanda dava de ombros, bancando a desentendida. Ignorando solenemente o garoto, acomodou-se à escrivaninha e apertou o botão de liga/desliga.

– Medroso. E o que é que pode acontecer? – perguntou, provocadora.

– Sei lá! Isso pode atrair um raio! Pode queimar o equipamento... Pode fritar tudo e fazer um churrasquinho de quem estiver por perto!

A menina riu da preocupação do amigo:

– Você anda vendo muito o Discovery.[1] Deixa de ser chato, vamos brincar! É só uma chuvinha à toa... Aposto que já está passando...

Assim, completamente surda aos apelos do menino, ela decidiu conectar-se à linha telefônica para dar uma navegada na internet. Se a menina tivesse

---

[1] Discovery: é um canal de TV a cabo, especializado em documentários educativos.

um pingo de juízo, saberia que um raio pode ser facilmente atraído para uma linha telefônica em uso e que isso pode ser **tremendamente perigoso** para quem estiver por perto.

Se a maluca tivesse se dado ao trabalho de olhar pela janela, teria visto os raios poderosos que cortavam vigorosamente o infinito, desenhando cicatrizes ameaçadoras no céu noturno. Teria a oportunidade de observar o quadro realmente amedrontador, que preocupava seu amigo. Rafael, literalmente desistindo de "chover no molhado", pegou um gibi e se acomodou na cama, tratando de ficar o mais longe possível daquela teimosa.

De repente, num piscar de olhos, a energia de um **raio poderosíssimo** entrou pela linha telefônica que estava conectada ao micro e, em vez de simplesmente riscar o céu lá fora, acabou por explodir exatamente dentro dele.

Houve um **estrondo ensurdecedor** e imediatamente tudo ficou escuro, quando a sobrecarga de energia queimou o transformador do bairro, mergulhando a todos na mais completa escuridão.

Rafael congelou de susto e havia um zumbido em seus ouvidos que não o deixava ouvir nada além do trotar enlouquecido do seu coração, galopando dentro do peito. Andando no escuro, ele tentava se lembrar da topografia do quarto da amiga, para não tropeçar em alguma coisa e acabar quebrando o pé. Alarmado, tentava a todo custo manter a calma, enquanto perguntava, baixinho:

– Nanda... Está tudo bem com você? Fala comigo, porque não consigo ver nada! – ele tateava o ar em volta de si, enquanto esperava a vista acostumar-se à escuridão. Estava certo de que a qualquer momento a doida da amiga surgiria do nada e saltaria sobre ele como uma onça-pintada, para acabar de matá-lo de susto de uma vez por todas.

– Fernanda! Pode parar com essa brincadeira idiota... Apareça agora mesmo! Já não chega ter quase botado fogo na casa? Eu te avisei pra não ligar essa porcaria...

Nervoso, o pobre garoto andava às escuras, procurando alcançar a escrivaninha onde vira a menina pela última vez antes que as luzes se apagassem.

— Agora que eu preciso de um raio pra iluminar isso aqui, não me aparece nenhum... – resmungava, irado.

À medida que ia se aproximando do lugar onde ficava o computador, ele **percebeu que seu corpo estava sendo envolvido por uma energia muito forte**, uma espécie de campo de força que o atraía irresistivelmente. Assustado com aquela sensação estranha, ele ainda tentou dar um passo atrás, mas já era tarde. Rafael ainda não sabia, mas bem ali na sua frente havia surgido um verdadeiro buraco negro de energia palpitante e seria humanamente impossível resistir a sua atração.

Ele pensou em gritar, mas, antes mesmo que pudesse fazê-lo, sentiu o campo de força alongar-se em sua direção, **sugando-o com uma força descomunal**. Então, enquanto era irresistivelmente arrastado pela suprema força daquele ralo de energia, **o mundo foi subitamente dissolvido num redemoinho negro**, e Rafa soube que alguma coisa muito esquisita estava acontecendo...

***

Não demorou muito para que a energia elétrica fosse restabelecida no bairro, mas, bem antes que isso acontecesse, o caos já reinava absoluto na aconchegante casa amarela da família Braga.

Assim que a luz acabou, Dona Carolina, cujo gentil apelido era Mamãe Pastel, saiu pela casa tateando na escuridão à caça de velas. **Já refeita do susto** e quase contente por ter finalmente encontrado as benditas velas, ela caminhava pela casa a passos imprecisos, procurando pelos integrantes da família. Na sala de estar encontrou Mariana adormecida numa poltrona, enroscada ao felpudo Rex, e o marido estava logo adiante, desmaiado no sofá. Sorriu ao perceber que o seu bebê pastel herdara do pai o sono pesado de marinheiro bêbado, e que nem mesmo o enorme estrondo causado pela queda do raio conseguira despertá-los.

Seguiu em frente, procurando por Fernanda e Rafael, mas não teve a mesma sorte. **A princípio não ficou muito preocupada,** porque achou que as crianças estivessem fazendo algum tipo de brincadeira. Porém, à medida que a procura se estendia pela casa e que as crianças não respondiam, primeiro aos seus chamados e depois às suas ameaças, ela começou a acreditar que algo de ruim poderia ter acontecido.

Seguindo as instruções de um apurado instinto maternal que acendia uma luz vermelha em seu cérebro toda vez que ela achava que alguma coisa estava errada, Dona Carolina perdeu a compostura e, literalmente, botou a boca no trombone quando chamou as crianças pela milésima vez sem obter resposta.

Seu apelo desesperado foi imediatamente atendido e, num instante, os remanescentes da família corriam atarantados pela casa, revirando cada canto e cada fresta em busca dos desaparecidos. Todo aquele alvoroço tirou Rex de sua preguiça tipicamente felina e aguçou sua curiosidade. Onde andariam aqueles pestinhas? Achou impossível que eles ainda estivessem escondidos depois de todas as ameaças e súplicas que Mamãe Pastel tinha gritado aos quatro ventos tropicais. Seria uma tremenda falta de consideração!

Agora mesmo, lá estava ela, falando desesperadamente ao telefone, plantando a sementinha do desespero na casa vizinha, onde morava Rafael. Mesmo de longe podia ouvi-la gemendo enquanto falava com Dona Eunice e recebia uma péssima notícia:

– Eles também não estão aí? Ai, meu Deus do céu, onde será que se meteram...

No entanto, Rex sabia que as crianças não tinham saído da casa durante a tempestade, porque estivera o tempo todo na sala com Mariana; ele tinha o sono muito leve e certamente teria percebido se as crianças tivessem descido as escadas. Dono de um excelente faro e de sentidos aguçados, ele decidiu que era hora de bancar o Sherlock Holmes[2] para encontrar o paradeiro dos anarquistas e encerrar o mistério.

Foi diretamente para o quarto e pôs-se a farejar em busca de uma pista. No universo olfativo daquele quarto, abarrotado de cheirinhos femininos, detectou de imediato a trilha do suave perfume de maçãs silvestres que Fernanda usava e, seguindo-o, chegou à escrivaninha onde ficava o microcomputador. Estava pronto para pular para a cadeira,

---

[2] Sherlock Holmes: famoso detetive, personagem do escritor inglês Sir Arthur Connan Doyle.

quando prestou atenção a uma espécie de zumbido bastante baixo, que vinha lá de cima. Seu sexto sentido dizia que havia alguma coisa errada por ali.

Como era possível que ele ouvisse aquele zumbido de equipamento eletrônico ligado, vindo da direção do computador, se não havia energia e a casa continuava imersa na escuridão? Rex sentiu que debaixo desse mistério estava a resposta para o inexplicável sumiço de seus amigos.

Era hora de criar coragem para dar prosseguimento à investigação e, como covardia nunca foi um de seus defeitos, Rex decidiu mergulhar firmemente naquele problema.

Ele saltou para a cadeira e estava parado diante da tela do micro, no mesmo lugar onde minutos antes estivera sentado o amigo Rafael e, antes dele, a própria Fernanda, quando um estranho redemoinho formado por uma energia azulada saiu da tela e o puxou com uma atração irresistível. Ele pôs as garras de fora e agarrou com toda força no estofado da cadeira; mas depois aconteceu tudo tão rápido, que ele nem sequer teve tempo de soltar um PUM.

A hipótese mais provável para o fenômeno é que o impacto causado pelo raio transformou o inofensivo equipamento num improvável portal energético, que sugava de forma irresistível qualquer coisa que se aproximasse. Talvez fosse um miniburaco negro? Quem sabe... Talvez, só mesmo um cientista com o talento e a inteligência de um *Stephen Hawking*[3] pudesse ter uma boa ideia sobre o que estava acontecendo ali.

---

[3] Stephen Hawking: renomado cientista inglês que estuda e desvenda os segredos da física quântica. Tem teorias muito interessantes sobre os buracos negros, sobre os universos paralelos e sobre a relatividade que envolve a equação "espaço-tempo".

NA ESTAÇÃO DO TEMPO PERDIDO

Num instante, ela estava esperneando num turbilhão de escuridão total e, noutro, sentiu o impacto do próprio corpo contra o chão duro de uma calçada de pedra.

– Aaaiiiii... Acho que quebrei alguma coisa... – levantou-se e pôs-se a espanar a roupa com severos petelecos, como fazia habitualmente sempre que levava a pior numa briga.

– Mas que diabo de lugar é esse? – ainda sentindo a cabeça rodar, Fernanda olhou espantada a sua volta, tentando refazer-se do susto provocado pela queda.

– Onde estou? Cadê todo mundo? – perguntou, apreensiva.

E como se alguém quisesse responder imediatamente aquela última pergunta, o ar agitou-se num espesso redemoinho bem acima de sua cabeça e uma coisa grande e quente caiu bem em cheio sobre ela.

Estrelinhas de dor de todas as cores do arco-íris faiscaram à frente de seus olhos, enquanto ela se contorcia, tentando sair debaixo daquele peso morto, implorando num fiozinho de voz:

– *Sai de cima de mim...*

Com muita dificuldade, ela rolou o corpo para o lado, livrando-se do peso extra, enquanto tentava voltar a respirar. Assim que se refez do golpe, uma raiva assassina tomou conta de seu espírito e todos os seus sentidos se prepararam para a luta:

– **Vem! Pode vir!** Vou te matar sua toupeira maluca!

No entanto, **só ouviu um gemido baixo** vindo da direção oposta, em que jazia de barriga para cima, já absolutamente nocauteado, o pacote que caíra do céu.

– Ah! É você...

Na penumbra daquele lugar esquisito, Fernanda reconheceu o amigo Rafael, meio desfalecido sobre as lajes de pedra. A princípio a menina começou por sacudi-lo gentilmente, mas como isso não deu o menor resultado, passou a dar tapinhas em suas bochechas, numa tentativa frustrada de reanimá-lo. Estava a ponto de gritar de ansiedade, quando ele começou a abrir os olhos vagarosamente. Mesmo respirando com dificuldade, o menino prontamente a reconheceu:

– Nanda... Ainda bem que é você...
– porém, ao menor sinal de vida do menino, a pequena espevitada recuperou a impaciência e recomeçou a esbravejar:

– E quem você pensou que fosse? O bicho-papão, é? Precisava cair em cima de mim desse jeito? Está querendo me matar! Olha aqui, ó... Fiquei toda roxa, toda amassada por sua causa! Não bastava despencar daquele jeito na minha barriga, ainda fica aí parado, parecendo uma barata morta! – de repente parou de tagarelar sem parar. Finalmente ela se deu conta de que também havia despencado daquele mesmo céu, vindo de lugar algum. Mistério total.

— Ôps... Tem alguma coisa errada, não é? – perguntou, enquanto massageava o estômago machucado com a mão.

Rafael, agora absorvido por um estado de mudez resoluta, levantou-se sozinho e saiu andando. Ele estava muito bravo com a amiga e por inúmeras razões. Vejamos a lista, na ocasião:

Primeiro: ela não quis ouvir seus conselhos para deixar o computador em paz, e isso os meteu numa tremenda encrenca, fazendo com que ficassem perdidos naquele lugar sinistro.

Segundo: a peste não parecia nem um pouco preocupada com sua queda, nem tampouco com sua recuperação.

Terceiro: ele estava com a cabeça doendo; o nervoso lhe dava uma fome horrível; ele não fazia a menor ideia sobre que lugar era aquele e, o que é pior, como poderiam voltar para casa.

Fernanda, que de boba não tinha nada, ficou sabendo de tudo isso só de olhar a cara emburrada do amigo. Resignada, resolveu entregar os pontos:

— Desculpe. Você tinha razão. Devíamos ter jogado tranca... Eu não devia ter ligado o micro durante a tempestade... — disse, ensaiando um pequeno abraço no seu contrariado amigo. Rafael achou melhor deixar pra lá, mesmo porque, naquela situação, brigar não ajudaria em nada.

— Esquece. Vamos pensar num jeito de sair daqui, ok?

Pronto. Resolvida a pendenga, era hora de procurar esclarecer o estranho enigma que os colocara naquela enrascada.

Havia uma luz fraquinha vindo de um poste próximo, que mal dava para iluminar a escuridão enevoada que havia naquele lugar esquisito. Lembrava a obscura atmosfera de uma ruazinha londrina, dessas que sempre existem nos filmes de terror. Rafael continuou circulando distraidamente por ali, apesar de não conseguir ver direito para onde ia. De repente, recebeu um forte puxão na camiseta que o fez parar onde estava, seguro por uma mão firme. Fernanda, num gesto rápido, havia impedido que ele prosseguisse:

— Pare! Não dê mais nenhum passo! Parece que tem um buraco enorme bem aí na sua frente... — alertou Fernanda, que se abaixou e, com o nariz quase rente ao chão, analisou o grande fosso que havia diante deles, exatamente no lugar onde a calçada de pedras terminava abruptamente.

— Glub... — Rafael engoliu em seco, percebendo que, se tivesse dado mais um passo, se teria espatifado lá embaixo.

Devagar, deram alguns passos para trás, se afastando rapidamente da borda da calçada e indo na direção oposta, que terminava numa parede de pedra onde estavam alinhados alguns bancos, também de pedra. Sentaram-se para conversar.

— Isso está me parecendo uma estação de trem da época medieval. Que acha?

— **Rafa, não seja burro,** não existiam trens na Idade Média. Somente carroças, e olhe lá! — a menina repreendeu o garoto, enquanto franzia o nariz e revirava os olhos, no que Rafael imediatamente identificou com a imitação da "toupeira abilolada", que era a ironia preferida dela para **quando ouvia uma grande besteira.**

– Mas você tem razão numa coisa: esta estação tem cara de ser muito antiga mesmo. Lembra aquela vez que a escola nos levou até aquela fazenda em Campinas? Pois se parece muito com aquela estaçãozinha do tempo das locomotivas a vapor que a gente visitou por lá... Acho que servia para transportar o café que os escravos plantavam.

O menino ia concordar mesmo não se lembrando de nada, porque tinha uma péssima memória. Porém, antes que pudesse dizer qualquer coisa, o ar acima de sua cabeça agitou-se num novo turbilhão, gerando um grande *flash* de luz branca que o obrigou a fechar a boca e os olhos também. Era como se o céu noturno tivesse sido rasgado e deixado cair alguma coisa que estava entalada do outro lado, fechando-se logo em seguida, como se nada demais tivesse acontecido.

Fernanda e Rafael ainda fitavam o céu, embasbacados pelo estranho acontecimento, quando repararam na "coisa" que acabara de cair do firmamento. Era preta, peluda e os encarava com enormes e amedrontados olhos verdes.

– Rex! – eles gritaram a uma só voz, quase matando o pobre gato de susto.

Apavorado, o coitado correu para debaixo de um banco de pedra que estava próximo. Precisava refazer-se do susto e tentar compreender o que estava acontecendo. Como se isso fosse possível...

Então, um barulho muito estranho chamou a atenção de Fernanda: apesar de ainda distante, parecia que havia algo se aproximando dali a toda velocidade. Ela fechou os olhos e se concentrou naquele ruído, tentando localizar na memória onde já ouvira algo que soasse parecido com aquilo. Bingo! Percebeu que era o mesmo ruído que se ouvia na estação de trem metropolitano, justamente quando a composição se aproximava da plataforma.

Nanda e Rafa ficaram instantaneamente em estado de alerta e, quando perceberam que era mesmo uma espécie de trem que vinha a toda velocidade pelo grande túnel escuro, trataram de correr o mais rápido possível para debaixo do banco de pedra.

Juntos, ficaram observando enquanto uma grande composição de trem passou a toda velocidade, gerando uma rajada de vento que agitou seus cabelos e fez a velha plataforma de pedra ranger com a fricção daquele peso imenso sobre os trilhos.

Era muito estranho ver o desfile daquela centopeia metálica, que parecia um filhote de trembala japonês, correndo como um foguete prateado naquela rudimentar plataforma de pedra da época das locomotivas chamadas marias-fumaça.

Era como se o tempo tivesse ficado maluco e diferentes épocas do progresso humano tivessem se misturado num mesmo lugar, transformando aquele cenário numa visão completamente irreal.

Depois de mais um instante de barulheira, tremores e deslocamento de ar, o supertrem sumiu de vista através do túnel escuro do metrô maluco, tão inesperadamente quanto havia surgido.

– Você conseguiu ver pra onde ele ia? Leu a placa com o destino?

Fernanda saiu devagarzinho do seu esconderijo, acompanhada de perto por Rafael. Ela notou que só mesmo o medo seria capaz de fazer tanta gente caber num espaço tão pequeno.

Assim que se viu livre daquela lata de sardinha de pedra, a menina respondeu a pergunta do instante anterior, que, levada pelo eco, ainda flutuava no ar: "destino... tino... tino...". Estava aborrecida e começou um abrangente discurso de descontentamento:

– **Não deu tempo!** Como eu poderia ver, se estava enfiada debaixo daquele banco, de cara com a parede? **Santa covardia, Batman!** A gente devia ter ficado parado bem aqui e talvez desse pra ver a placa de destino, antes de o bicho passar. – inconformada, apontava o túnel escuro que serpenteava a sua frente, por onde o trem havia seguido seu fantasmagórico caminho.

– **Foi tudo culpa de vocês!** Precisavam gritar daquele jeito! Quase me mataram do coração! – disse a mesma vozinha enérgica e cada vez mais contrariada.

A menina virou-se para trás a fim de checar se a pessoa que **arfava como um asmático em crise,** logo atrás da sua nuca, era mesmo Rafael. Como conhecia de cor e salteado a voz mansa do amigo, ela já sabia de antemão que aquela vozinha ardida não podia ser a dele. **Pressentiu que havia algo errado.** Porém, como precisava ter certeza, ainda assim perguntou:

– **Tá maluco, é?** Se você gritou junto comigo quando aquele xereta do Rex caiu do céu quase nas nossas cabeças... E por falar nisso, cadê ele? **Rex, venha cá imediatamente!** – um pensamento maluco passou como um relâmpago por sua mente febril, mas ela racionalmente preferiu ignorá-lo e checar novamente.

– **Rafa, repita o que disse...** – ao que o amigo respondeu balançando negativamente a cabeça loura.

– Mas... Se não foi você quem falou... Quem fo-fo-foi que... – a menina gaguejou, descobrindo um pouco mais sobre o significado da palavra "medo".

De repente percebeu que sabia muito bem quem havia falado, mas ela não conseguia acreditar em seus próprios ouvidos. Aquela vozinha não podia ser do Rex, simplesmente, porque gatos não falam.

Então, quando todo mundo achou que ela ia cair dura ou ter um ataque histérico, Fernanda desatou numa gostosa gargalhada e lágrimas de genuína alegria caíram de seus olhões cor de tâmara. Mas, afinal de contas, eles se perguntaram: "Qual é a graça?"

É que a ideia de um gato falante, que noutros tempos seria pura maluquice, agora parecia uma coisa perfeitamente natural, num mundo onde computadores recém-eletrocutados podiam engolir criancinhas indefesas para lançá-las numa terra-de--ninguém-da-história, onde nada combinava com coisa nenhuma.

Num súbito gesto de afeto, ela pegou o pequeno amigo peludo no colo e afagou mansamente sua cabeça, no espaço entre as orelhas pontudas. Disse:

— **Você fala!** Até que enfim uma boa notícia nesta noite de filme de terror com direito a trem fantasma e tudo! Agora só falta aparecer por aqui a turma do Scooby-Doo!

Como uma boa risada é sempre contagiante e quase sempre o melhor remédio, por um instante, Rafa e Rex se esqueceram de seus problemas e puseram-se a rir também.

A VIAGEM NO TREM MALUCO

– Nanda, não dá pra você parar de andar de um lado para o outro? Isso está me dando nos nervos… – pediu Rafael, que liquidara com todas as suas unhas na vã tentativa de manter a calma.

– Isso me ajuda a pensar. Sem falar que ficar parada me deixa mais nervosa ainda. Rex, qual a sua opinião sobre esse pesadelo coletivo? – perguntou Fernanda.

O gato pigarreou à procura de sua nova voz, porque ainda não se acostumara à ideia de que seus pensamentos pulassem pela boca afora num rápido deslocamento de ar.

– Estive pensando nisso e tenho um palpite. Deixe-me ver: que horas são no seu relógio, Rafael?

O menino checou o relógio de pulso. Os marcadores de seu relógio digital mostravam a hora exata do seu desaparecimento: 17:05:55.

– Xiiii... Acho que quebrou... Olhem! Ainda está parado na hora em que caí! Mas que droga! – e o menino agitou o pulso nervosamente no ar, como se os solavancos pudessem fazer o pobre relógio funcionar na marra.

Agora era o gato que andava de lá para cá na plataforma, impaciente por explicar sua teoria:

– Vejam, isso faz sentido! Não acho que o relógio esteja quebrado, acho que está apenas parado! E nós também estamos... Acho que estamos parados num intervalo de tempo qualquer... – enquanto falava, sua longa e peluda calda fazia floreios no ar como que para pontuar sua tese.

Fernanda achou que aquilo fazia sentido. Pensou por um momento e, em seguida, murmurou:

– É como se estivéssemos num buraco, não? O **choque elétrico provocado pelo raio** no microcomputador nos trouxe para essa espécie de "buraco no tempo"? – falava e levantava as sobrancelhas, procurando a compreensão dos outros para seu raciocínio. – Será que é por isso que neste lugar **as coisas estão todas misturadas?** O novo com o velho? Um trem supermoderno trafegando numa estação que parece ser do tempo do meu tataravô? Será que é por isso que o relógio não funciona? Porque não estamos em lugar algum... Rex, será que a gente não existe mais? – e nessa hora ela teve um ligeiro estremecimento de medo, porque aquilo certamente era uma ideia apavorante.

– **Calma, calma, também não é assim.** Acho que você está certa quanto ao buraco no tempo, mas é claro que continuamos a existir. Estamos aqui, não estamos? – perguntou Rex.

Nanda aproveitou para dar um ligeiro beliscão em Rafael, como que para comprovar se de fato ele existia no mundo real. O menino deu um **sonoro grito**, o que certamente comprovava sua existência e, também, a teoria de que, por vezes, o fato de existir podia ser muito doloroso. Desconsiderando o gracejo, Rex prosseguiu sem se abalar:

– **É lógico que existimos**, mas acho que estamos parados numa espécie de bolha de tempo... Não sei explicar qual é o fenômeno da natureza que provocou essa situação. É como se estivéssemos momentaneamente congelados no tempo...

Então, os **olhos muito verdes do felino brilharam** com a luz de uma súbita compreensão, e ele imediatamente concluiu:

– **Já sei!** Estamos parados nessa estação fantasma, mas aposto com quem quiser que é o trem-bala que leva o tempo adiante e que o move para algum lugar! Afinal de contas, uma estação serve para que as pessoas usem um transporte que as leve de um lugar para o outro, não é? Logo, se pudermos pegar aquele trem, acho que isso nos levará para algum outro lugar no tempo! Talvez até de volta para casa...

Eles tinham que reconhecer que o gato encontrara uma solução bastante lógica para uma teoria que, apesar de maluca, parecia possível. Novamente fizeram um silêncio mortal, porque estavam concentrados em encontrar a resposta para a próxima pergunta inevitável. Afinal, como pegar o trem maluco, se ele passava pela estação tinindo como uma bala?

Uma vez mais foi Fernanda, que não conseguia ficar parada um minuto sem ter um ataque de tremelique, quem propôs:

– Chega de brincar de estátua! Vamos procurar por aí. Deve haver alguma coisa que sirva para fazer o trem parar! Afinal de contas, isso aqui é uma estação ou não é? E tratem de olhar por onde andam! Só me falta alguém cair nesse fosso maldito...

A neblina espessa não ajudava nada na observação da plataforma. De repente, aquele silêncio de cemitério, que deixava qualquer um nervoso, foi quebrado pelo sonoro badalar de um sino: "BLEIM, BLEIM, BLEEEIIIMMM!".

– Aqui, pessoal! Encontrei! Estou uns dez passos à esquerda do banco de pedra! Venham! – gritava Rafael, desesperado.

Quase no mesmo instante, eles correram para encontrar Rafael, que estava parado ao lado de um **velho sino de bronze.** O menino o encontrou por acaso, quando quase quebrou a cabeça ao bater nele. O sino estava dependurado num poste de aparência muito antiga e quase completamente escondido pela penumbra de calabouço que havia ali.

Foi Rex quem teve a ideia de pedir que o menino **tocasse o sino novamente,** só que dessa vez bem mais rápido. Imediatamente o zunido do trem-bala surgiu ao longe, se aproximando da plataforma numa velocidade inacreditável. Então, antes que algum deles pudesse dar um espirro, **o trem estacou** bem em frente do velho sino, **abrindo as portas** num sobressalto.

– Vamos! **Corram para dentro!** – ordenou Fernanda, sem tempo para mais delongas, ao que Rex tentou argumentar:

– Mas ainda não sabemos para onde ele vai!

Naquele instante, Nanda e Rafa decidiram por antecipação que era melhor pegar o trem do que ficar plantado feito samambaia naquela estação fantasma. Num segundo, agarraram o amigo e saltaram juntos para dentro do trem, movidos pela impressão de que qualquer lugar no mundo era melhor do que lugar nenhum.

Caíram sentados no corredor do imenso vagão de passageiros, mas por sorte tiveram a queda amortecida pelo espesso carpete vermelho que recobria todo o chão.

– Bela aterrissagem! – comemorou Rafael.

– Pelo menos dessa vez nenhum balofo caiu em cima de mim! – rosnou a praga.

À primeira olhada o vagão parecia vazio, com a maioria dos lugares disponíveis. Por um instante não conseguiram ver muita coisa, mas assim que se acostumaram à semiobscuridade do ambiente, eles puderam reparar que não estavam sozinhos. Tinha mais gente ocupando algumas das poltronas em lugares dispersos ao longo do vagão que, aliás, mantinha a mesma estapafúrdia mistura de estilos de épocas diferentes que havia do lado de fora. Os estofados das confortáveis poltronas de espaldar alto eram estampados de dourado e vermelho, num antigo estilo rococó. Fernanda podia jurar que já vira algo parecido com aquilo em alguma novela de época.

A fraca iluminação que havia era fornecida por candelabros dourados que seguravam grossas velas de cera amarela e que ficavam presos às paredes do vagão a intervalos regulares. Havia uma sucessão de prováveis janelas, ocultas da vista dos passageiros por pesadas cortinas de veludo marrom. O vagão era cortado ao meio por um corredor estreito que parecia interminável, tendo grandes e confortáveis poltronas de cada lado.

– **Viu que bagunça?** É ultramoderno por fora e quase pré-histórico por dentro! Parece uma carruagem imperial! – comentou Fernanda entre risadinhas nervosas. Os meninos também riram, porque, naquela altura do campeonato, era melhor rir do que chorar.

Procuraram por uma fileira que estivesse com os assentos desocupados para que pudessem ficar todos juntos. Rafael correu para ficar com o assento da janelinha e, para Rex, sobrou a poltrona do meio, já que Nanda aboletou-se na cadeira que dava para o corredor. Rafael afastou a cortina para olhar para fora e ficou embasbacado:

— Ué... Cadê a... — quando ele puxou a pesada cortina de veludo que encobria uma provável janela, no lugar de uma paisagem encontrou apenas a nudez metálica da parede do trem. — Viram? Essa é boa! Tem cortina, mas não tem janela!

Apesar da estranheza, nenhum de seus companheiros de viagem ficou realmente surpreso com a novidade. Rex, que desfrutava da audição privilegiada dos felinos, ouviu nitidamente o som de uma movimentação logo mais adiante no vagão e resolveu investigar. Avisou aos outros:

— Vou dar uma olhadinha por aí. Não saiam daqui, ok?

— Por que você vai averiguar e nós temos que ficar aqui parados como duas toupeiras imprestáveis? — resmungou Fernanda, como sempre, sendo do contra.

O gato tomou a direção do corredor e, demonstrando uma paciência incomum, explicou:

– Em primeiro lugar, porque eu sou mais velho e, portanto, mais experiente do que você. Em segundo, porque eu sou pequeno e baixinho, logo, sou mais difícil de ser visto. Terceiro e último motivo: eu estou mandando vocês dois ficarem aqui.

– e saiu andando pelo corredor mal iluminado, se escondendo imediatamente debaixo da poltrona mais próxima.

– Esse bicho tá ficando muito folgado! Quem ele pensa que é? – resmungou Fernanda, inconformada com tamanha demonstração de insubordinação ao seu comando, que ela achava ser um direito natural.

– Como quem? Ele é o seu irmão mais velho! – respondeu Rafael, rindo até ficar com as bochechas doendo. Fernanda fechou a cara, ignorando solenemente o desaforo.

***

Rex seguiu em frente andando sorrateiramente por debaixo das fileiras de poltronas. De vez em quando, ele colocava a cabeça ligeiramente para fora de seu esconderijo, somente o tempo suficiente para observar o que havia ao redor.

Num instante percebeu que os outros "viajantes" **eram tão ou mais exóticos que o próprio trem.** Cauteloso, parava em cada assento onde encontrava pés humanos e, observando atentamente de baixo para cima, fazia uma rápida análise do passageiro.

O primeiro que encontrou calçava **estranhas sandálias de couro** trabalhado e tinha a pele dourada, como se tivesse passado muito tempo esturricando ao sol. O sujeito esquisito vestia uma bata branca de algodão e poderia passar por um turista estilo "riponga", não fosse o **enorme turbante** que carregava soberanamente sobre a cabeça. Por causa do estranho acessório, Rex imaginou que talvez ele fosse um cidadão indiano em viagem de férias pelo Ocidente. Mas será que ainda estavam no Ocidente? Lembrou-se de que já não tinha certeza de nada.

O felino ia seguir em frente quando o indiano, que aparentemente dormia, remexeu-se na poltrona; sob as dobras da sua túnica Rex entreviu o grosso cordão de ouro que o homem usava, de onde pendia uma **gigantesca esmeralda;** por um segundo, uma verdadeira constelação de fabulosos raios verdes faiscou diante de seus olhos. O gato teve de piscar várias vezes para livrar-se do ofuscamento que a lapidação da exótica joia lhe provocara. Imediatamente compreendeu que nada nem ninguém naquele vagão poderia ser considerado normal ou mesmo vulgar.

Encontrou, três poltronas mais à frente, um novo **par de pés**. Dessa vez, o passageiro usava botas surradas, acompanhadas por um terno de lã cinzenta e uma gravata azul bastante amarfanhada. Para poder observá-lo Rex teve de virar a cabeça bem para cima, pois o sujeito era muito alto; tinha uma **cara fina de fuinha** e ostentava um bigodinho grisalho que lembrava uma escova de sapato, pregado numa cara de poucos amigos. O estranho ainda usava um tipo de óculos muito esquisito, que se encaixava num olho só, e para completar a indumentária esquisita trazia no topo da cabeça uma lustrosa e impecável cartola.

– **Este sujeito deve ser algum larápio** tentando se passar por nobre... – palpitou Rex, enquanto seguia para a próxima poltrona.

Andou um pouco mais e logo outra coisa chamou sua atenção. Estacou diante de quatro pezinhos calçados com sapatilhas de cetim rosa pálido.

"Será que temos mais meninas passeando neste vagão maluco?", pensou. Deteve-se um instante para olhar melhor e viu que as duas usavam vestidos idênticos de seda rosa clara. Estavam muito ocupadas com um jogo de dados que elas rolavam de um lado para o outro num grande tabuleiro de madeira, que tinha a parte de baixo decorada com desenhos de dragões alados em dourado e vermelho. Daquele ângulo esquisito nosso felpudo amigo não conseguia ver mais nada, porque todo o resto ficava escondido pelo tabuleiro gigante, que dali debaixo mais parecia um céu escuro onde voavam dragões. Lamentou profundamente por não conseguir ver o rostinho das garotas, mas apostava com quem quisesse que elas deviam ser bonitas como duas bonecas chinesas.

De repente algo o deteve. Ouvindo atentamente, identificou um ruído de passos se aproximando muito rápido. Com medo de ser descoberto, ele voltou imediatamente para debaixo da poltrona, onde a espionagem era mais segura.

Na poltrona seguinte deu de cara com um par de pés enormes, cheios de calos, calçados em surradíssimas sandálias de couro.

Esse viajante trajava um estranho camisolão de lã marrom que terminava num capuz que lhe cobria a cabeça e **ocultava o rosto.** Suas mãos, grandes e rudes, estavam pousadas sobre o colo, segurando com força desnecessária uma carcomida cruz de madeira. O sujeito estava com as pernas cruzadas e balançava o pé sem parar, numa atitude bastante ansiosa. Por muito pouco não acertou o gato, quando ele passou a centímetros de seu pé balançante.

Assustado, Rex pulou para debaixo da próxima fileira de poltronas e pensava em descansar um pouco, quando ouviu novamente o **barulho de passos,** só que dessa vez alguém vinha exatamente na sua direção. Ele prendeu a respiração e ficou absolutamente imóvel. Aguardou, enquanto um par de botas enlameadas estacionava bem diante de seu nariz de gato xereta.

– **Bilhete!** Por favor, o senhor é o próximo. Seu bilhete... – exigiu o homem numa voz irritantemente monótona.

Novamente, Rex não conseguiu controlar o impulso de dar uma olhadinha na cara do sujeito que estava parado bem a sua frente. **Sem pensar** duas vezes, ele decidiu colocar a cabeça felpuda só por um instante para fora do esconderijo. O que Rex jamais poderia imaginar é que justamente esse sujeito era corcunda e que tal deficiência física o obrigava a andar eternamente com os olhos postos no chão.

Logo, lá vinha o bilheteiro pelo corredor, sacolejando o esqueleto e repetindo seu monótono refrão, quando viu Rex se esgueirando para fora da poltrona, muito tempo antes que o descuidado gatinho pudesse vê-lo. Foi um verdadeiro golpe de azar, porque, exatamente no instante em que o gato pôs a cabecinha para olhar para fora, o bilheteiro corcunda o viu primeiro. Demonstrando uma agilidade inimaginável para alguém com tamanha dificuldade física, ele prontamente se agachou e agarrou o bichano.

— Te peguei, danado! — disse ele, na mesma voz monótona com que pedia os bilhetes aos passageiros.

Rex ficou duro de susto e, enquanto decidia se devia ou não falar com o homem, foi surpreendido pelo novo anúncio do bilheteiro:

– Gato! Quem é o dono do gato? Gato... De quem é o gato? – repetia na mesma voz irritante de sempre, enquanto avançava a passos vacilantes pelo corredor levando o pobre gato debaixo do braço, como se ele fosse um saco de feijão. – Gato... Alguém perdeu um gato?

Fernanda viu o topo da cabeça de alguém vindo pelo corredor, apurou os ouvidos e escutou alguma coisa sobre um gato.

– Ai, meu Deus! Pegaram o Rex! – disse, aflita.

O problema foi que naquela hora de aflição, em vez de usar a cabeça, ela pensou com as pernas e saiu correndo pelo corredor numa carreira tresloucada, com a única intenção de socorrer seu pequeno irmão que, ao que tudo indicava, estava metido em alguma nova encrenca.

Fernanda achava que estava preparada para lidar com situações de emergência. Afinal de contas, ela havia observado de perto quando seu pai decidiu atuar como bombeiro voluntário no condomínio em que moravam. Na época, ela insistiu muito para participar, porém, só conseguiu uma nomeação para "mascote dos bombeiros"; coisa que, é claro, ela odiou. Apesar de ter sido barrada no curso, ela fez questão de ler o manual inteiro e uma frase em especial havia ficado gravada em sua memória. Dizia mais ou menos assim:

"... o desespero em prestar socorro pode atrapalhar no cálculo da ação em curso e prejudicar o bom desempenho do voluntário".

Traduzindo: esquecendo as regras mais básicas de segurança, Fernanda tomou um impulso forte demais para percorrer a pequena distância que a separava do obstáculo em questão. Resultado: **TRAMB!** Uma trombada fenomenal com o traseiro do bilheteiro.

A coitada deu um encontrão tão forte no bilheteiro corcunda, que **ele jogou para o alto tudo que carregava, inclusive o gato.** Os bilhetes que ele segurava com habilidade profissional presos entre os nós dos dedos voaram para todos os lados e caíram como chuva de papel picado por sobre suas cabeças. O gato, graças à sua anatomia privilegiada, aterrissou milagrosamente em pé numa poltrona próxima.

A menina mal havia se recuperado do susto que levara com a trombada, quando o homenzinho mal-encarado agarrou-a pelo braço e começou a sacudi-la com força:

– O bilhete, menina! Exijo ver o seu bilhete imediatamente!

Claro que ela não fazia a menor ideia sobre o que ele falava. Afinal de contas, Fernanda era uma garotinha moderna que costumava comprar sua passagem na bilheteria do metrô, para depois enfiá-la na catraca eletrônica, que automaticamente liberava seu acesso à plataforma. Esse negócio de trem fantasma, com bilheteiro recolhendo os bilhetes dos passageiros dentro do próprio vagão, era uma completa novidade. O que ela não sabia, mas estava descobrindo agora, é que antigamente as coisas funcionavam exatamente assim.

– Moço, nós não temos bilhetes! Estamos aqui por acaso... – na verdade ela não sabia como explicar para aquele projeto de duende porque eles não tinham os tais bilhetes.

– AHÁ! CLANDESTINOS! – berrou. – Sem bilhete não tem viagem! Vocês têm que saltar na próxima parada! – resmungou o homenzinho, encerrando o assunto. Em seguida, ignorando a todos, abaixou-se no chão e começou a recolher seus adorados bilhetes que jaziam espalhados por todos os lados.

– Quando? – perguntou Rafael, arfante. O menino só agora conseguira alcançar o pequeno grupo que atravancava o corredor.

O bilheteiro deu um sorriu torto e, com um gesto bastante teatral, puxou com toda a força uma daquelas cortinas que não tinham janelas para proteger, revelando uma grande porta metálica. Então, cheio da mais sinistra satisfação, declarou:

– Agora mesmo! *"Abre-te Sésamo!"*[4]

Como se precisasse mesmo de uma senha para ser acionada, a porta automática se abriu com um deslizar suave, e o bilheteiro, sem a menor cerimônia, empurrou os dois clandestinos para fora do vagão. Rex nem sequer teve tempo para pensar no que fazia e, movido pelo mais puro desespero,

---

[4] "Abre-te Sésamo": segundo o livro das *Mil e Uma Noites*, esta era a senha usada por Ali Babá, também conhecido por Rei dos Ladrões, para abrir a porta da caverna encantada onde ele e seus quarenta ladrões guardavam tesouros.

pulou na direção dos companheiros segundos antes de a porta se fechar atrás de seu rabo peludo.

Nossos pequenos heróis rolaram novamente para mais uma torturante aterrissagem, dessa vez num duro chão de terra batida, e passaram os próximos segundos vasculhando seus frágeis esqueletos em busca de prováveis calombos. Já Rex, que graças à mãe natureza sempre apresentava um espetacular desempenho nas quedas, deu uma elegante cambalhota no ar, livrando de bater a cabeça numa pedra, para finalmente pousar sobre a relva espessa com a suavidade calculada de um ginasta olímpico.

Nesse mesmo instante, Rex viu alguém saindo furtivamente por uma outra porta do vagão do trem fantasma. Era o mesmo homem esquisito, que usava a estranha roupa marrom com capuz, que ele vira lá atrás. Ele desceu do trem, parou um instante e olhou ao redor como se quisesse ter certeza de que não tinha sido visto por ninguém. Depois, se afastou rapidamente, entrando no bosque que ficava na beira da estrada de terra.

Rafael deu a mão para ajudar Fernanda a se levantar. Depois pegou o gato no colo e, olhando em torno, encontrou um velho tronco de árvore caído na margem da estrada. Sentaram-se nele e continuaram calados. Estavam cansados demais até mesmo para falar. A desolação era justificada, já que mais uma vez eles não sabiam que raio de lugar era aquele onde tinham ido parar.

O sol estava se pondo no horizonte; em breve seria noite e a simples ideia de ficar perdida no escuro, à beira de uma floresta num lugar desconhecido, era mais do que os nervos de Fernanda podiam suportar. Depois de refletir por um segundo, ordenou:

– **Vamos andando!**

– Pra onde? – perguntaram Rex e Rafael em coro.

A menina pensou mais um pouco.

– **Já, já estará escuro.** Acho que a melhor coisa que a gente pode fazer é andar seguindo a estrada. Cruzem os dedos... Com um pouco de sorte, talvez a gente encontre um lugar pra passar a noite.

Como ninguém teve uma ideia melhor, decidiram brincar de "seguir o chefe" e saíram andando na beira da estrada em fila indiana. **Não demorou muito** e avistaram um barracão de madeira caindo aos pedaços, que, a julgar pelo **jeito decrépito,** devia servir de depósito para algum fazendeiro daquelas bandas. Rafael foi sorteado para vistoriar o lugar e, muito a contragosto, se arrastou lá para dentro. O menino entrou pé ante pé no velho celeiro e descobriu que o lugar estava vazio, a não ser pelos fardos de feno que se amontoavam aqui e ali. Voltou para informar aos demais:

– Aqui está bom... Não é nenhum palácio, mas dá pra quebrar o galho – decretou. Como estavam caindo de cansaço, ninguém discutiu. Agruparam alguns dos fardos de feno que estavam espalhados pelo chão, para que servissem como uma grande cama comunitária, e adormeceram rapidamente.

O cansaço, físico e mental, decidiu por eles que era melhor deixar para pensar nos problemas somente no dia seguinte. No fundo, rezavam para que aquilo tudo não passasse de um pesadelo que não resistisse ao raiar de um novo dia.

O PEQUENO LEONARDO

As belas cores do alvorecer que tingiam o céu de Anchiano indicavam que aquele seria um dia de verão especialmente agradável.

Leonardo gostava de acordar bem cedinho, especialmente no verão, que era sua estação preferida, para fazer o dia render bastante. Todos na casa ainda dormiam, enquanto ele executava sua pequena rotina diária: primeiro ele ordenhava a vaca e trazia o leite quentinho, tirado na hora, para o café da manhã.

Depois realizava algumas das tarefas cotidianas que seu tio Francesco esperava que ele fizesse e, somente então, estava livre para fazer o que desejasse durante o resto do dia.

A tarefa daquele belo dia era justamente arrumar o celeiro e foi para lá que ele seguiu, sem imaginar que encontraria a **maior aventura** de sua vida.

Leonardo contava dez anos por essa época e vivia literalmente **a mil por hora.** No entanto, tinha interesses bastante diferentes dos garotos que conhecia, coisa que o fazia sentir-se um tanto estranho. Ele era incrivelmente inteligente, inventivo e criativo. Seu tio Francesco achava que o excesso de curiosidade era o pior de seus defeitos e que por causa dela ele vivia **metido em apuros.** O garoto adorava construir e desconstruir coisas, porque tinha verdadeira obsessão em descobrir diferentes maneiras de fazê-las funcionar melhor e, **verdade seja dita,** isso nem sempre dava certo. Não que isso fosse problema para ele, já que seu lema preferido era "tentar sempre, aprendendo com os erros, até conseguir".

O garoto também **amava a natureza** e seu passatempo preferido era desenhar as paisagens ao redor da fazenda, principalmente, o pequeno riacho que seu coração amava. Fazia também belos desenhos dos pássaros e dos bichinhos que andavam pelo bosque próximo à sua casa, mas seu precoce talento artístico ficava ainda mais evidente quando ele se punha a **desenhar pessoas.** Seu avô, o velho Antônio, achava que ele era um artista nato e que certamente deveria seguir a carreira de pintor, quando chegasse a hora. O avô já estava mexendo seus pauzinhos para lhe arranjar uma **vaga no ateliê** de algum grande artista florentino.

Leonardo chegou ao celeiro de ancinho na mão e ia começar o trabalho matinal quando notou alguma coisa se mexendo entre os fardos de feno.

– **Tem alguém aí?** – perguntou por perguntar, sabendo de antemão que não havia ninguém ali. Decerto, era algum pequeno animal vindo do bosque.

Dito e feito. Leonardo remexeu num dos fardos e deu de cara com um gato mais preto do que branco, que o olhava **assustado** com seus enormes olhos verdes.

– **Ah! De onde vens, bichano?** – assim dizendo, pegou o bicho no colo e sentou. Mal tinham se acomodado, quando Leonardo ouviu um ruído rouco e muito estranho: ROUNC... Em seguida, ouviu novamente, só que dessa vez o ruído foi baixo e mais prolongado: ROOOUUNNC...

– Dio mio! Que fome tem o coitado! – lamentou o garoto.

Agachada atrás de um outro fardo de feno, a distância de apenas alguns metros do garoto, Fernanda fez um esforço sobre-humano para manter a calma, apesar do pânico que sentiu quando Rex foi descoberto. Porém, quando o ronco da barriga do morto de fome do Rafael soou novamente, ela não conseguiu se controlar mais e caiu numa sonora gargalhada. Rafael olhou furioso para a amiga, lamentando profundamente não ter tapado sua boca com as duas mãos até ela ficar roxa.

Leonardo espetou o ancinho num fardo de feno e o empurrou para longe, dando de cara com os outros dois invasores. O susto tingiu de vermelho suas bochechas, deixando-o bastante nervoso, porque, afinal de contas, aquelas crianças folgadas estavam invadindo uma propriedade particular e precisavam saber disso.

– **Que se passa aqui?** – perguntou, com a irritação de quem exige uma resposta imediata. – Quem sois vós? Que fazem em terras alheias?

A voz trêmula de Rafael desabafou num sussurro inaudível:

– Melhor nem saber. Você não vai acreditar mesmo...

Fernanda enxugou os olhos, tentando concentrar sua atenção naquele novo perigo e manter controle sobre seu nervosismo, para não cair num outro ataque de riso sem sentido. Como achou que o garoto, apesar de irritadinho, parecia bastante simpático, resolveu abrir o jogo.

Sempre atrevida, tomou o gato das mãos dele para determinar quem era dono do que e sentou calmamente sobre um fardo de feno. Olhando diretamente para os agradáveis olhos cor de mel do garoto desconhecido, deu início às apresentações:

– Meu nome é Fernanda... Este safado peludo aqui é o Rex e aquela toupeira apavorada ali é o Rafael. Estamos perdidos, sabe? Acho que viemos parar muito longe de casa... Agora é a sua vez: qual é o seu nome? Que lugar é este?

O garoto encostou sua assustadora ferramenta de trabalho numa parede do celeiro e aproximou-se da garota. **De repente percebeu a situação:** eram duas crianças e seu bicho de estimação, todos assustados e famintos, **perdidos numa terra estranha.** Sentiu uma simpatia imediata pelo desprotegido grupo.

– Leonardo – e fez um meneio com a cabeça, cumprimentando educadamente. – Esta fazenda pertence ao meu avô Antônio e fica na vila de Anchiano.

– Anchi… O quê? – perguntou Rafael, confuso com o sotaque do menino.

– Anchiano é uma pequena aldeia. **Pertence à cidade de Vinci,** que também fica próxima a Florença. Se os pequenos vieram de lá, não será difícil encontrar o caminho de volta… – disse, apontando na direção da estradinha de terra por onde eles tinham vindo.

Foi nesse ponto da conversa que nossos viajantes perceberam que havia algo muito **estranho**

no ar. Na verdade, havia todo um conjunto de coisas erradas, como se elas estivessem sutilmente fora de lugar, como num jogo dos sete erros. Bastava observar atentamente para encontrá-los. Por exemplo, que raio de "celeiro" era aquele que mais parecia um casebre caindo aos pedaços? Onde estavam as máquinas, as ferramentas? Certo, ele poderia pertencer a um proprietário de poucas posses, mas, ainda assim, por que não havia uma única lâmpada pendendo do teto? Será que não tinham eletricidade? E o que dizer do garoto: que raio de **jeito esquisito de falar** era aquele? E por que suas roupas pareciam dois sacos de estopa mal costurados? Ele não havia dito que seu avô era fazendeiro? Então por que ele não **deixava de ser pão-duro** e comprava roupas decentes para o neto em algum shopping?

"Lugar estranho, **menino mais estranho ainda...**", pensou Fernanda. Como paciência nunca fora uma de suas virtudes, a menina não simpatizava com mistérios muito complicados. Só para ter certeza de que aquela vozinha desagradável dentro da sua cabeça estava errada, achou melhor perguntar de uma vez:

— Leonardo, só por curiosidade, em que ano estamos?

— Estamos no ano 1462 da graça de Nosso Senhor Jesus Cristo.

"Pergunta estranha", pensou Leonardo. Será possível que aquelas crianças estivessem perdidas há tanto tempo assim? A ponto de perderem a noção do ano em que estavam?

Rafael ouviu a resposta e ficou tão nervoso que começou a tremer, praticamente à beira das lágrimas. Fernanda ficou tão imóvel, que mais parecia uma estátua esculpida em mármore. Rex foi o único que continuou pensando claramente e percebeu que precisava fazer alguma coisa para conter aquela onda de pânico que se abatera sobre seus companheiros. Pulou para o colo da irmã e cochichou dentro do seu ouvido para que mais ninguém escutasse:

– Será que ouvi direito? Ele disse 1462?
– Nanda balançou a cabeça afirmativamente e, um pouco mais refeita do susto, completou num outro sussurro:

– E disse que Anchiano fica perto da cidade de Vinci. Também falou em Florença. Estamos perdidos na Itália! E se não me falha a matemática, trinta e oito anos antes do descobrimento do Brasil, que só acontecerá em 1500... – sentiu o pânico começar a tricotar um suéter de lã no seu estômago.

No entanto, antes que o medo a dominasse, a menina percebeu a maravilha daquele fenômeno e seus olhos negros brilharam de encantamento. Estavam na Itália na época do Renascimento! Antes mesmo do descobrimento do Brasil! Naquele instante agradeceu a Deus por sua Tia Maluca ser professora de História e por todas as vezes que passara horas ouvindo-a falar sobre as aventuras da humanidade através dos séculos. Finalmente, agora, todo aquele palavrório poderia ser realmente útil para alguma coisa.

Era um sonho tão incrível que não podia ser desperdiçado com coisinhas menores, como se deixar paralisar pelo medo do desconhecido. Sentindo-se uma verdadeira bandeirante, um filhote de Borba Gato,[5] decidiu ser prática:

— Leonardo, sem querer ser mal-educada, será que nesta sua fazenda tem alguma coisa para comer? Como você mesmo já reparou, ouvindo o rosnado da barriga do Rafael, estamos morrendo de fome...

O jeito despachado de Fernanda acabou por conquistar a simpatia do garoto, que resolveu deixar de lado suas desconfianças e fazer uso da famosa hospitalidade italiana. Fazendo uma leve mesura, ele pediu:

— Como não, *signorina*.[6] Se quiserem fazer a gentileza de me acompanhar até em casa, terei muito prazer em servi-los um repasto.

Seguiram por uma estrada estreita e bastante íngreme que tinha o nome muito apropriado de *Strada Verde*. Depois de alguns minutos de caminhada acelerada pelas colinas cobertas por bosques de oliveiras que se perdiam ao longe, avistaram a casa onde Leonardo nasceu.

---

[5] Borba Gato: famoso bandeirante paulista.
[6] *Signorina*: "senhorita", em italiano.

Rodeada por antigos vinhedos, havia uma bonita construção de um só pavimento, erguida com pedras grandes e irregulares.

Entraram e sentiram um **súbito alívio** por deixar o calor do sol forte do lado de fora e ficaram alguns instantes desfrutando da **atmosfera refrescante** que reinava na grande sala, quase sem móveis. A casa parecia modesta aos olhos de nossos viajantes acostumados aos confortos da modernidade. No entanto, naquela época remota, uma construção como aquela seria considerada uma residência elegante e um lar muito apropriado para fazendeiros bem-sucedidos.

Sentadas em bancos de madeira, as crianças fizeram uma rápida refeição com pão italiano, queijo fresco e leite morno. Fernanda, Rafael e Rex comeram até quase arrebentar e ficaram realmente agradecidos com a hospitalidade do novo amigo italiano.

Leonardo não parou um só instante, fazendo as honras da casa como um verdadeiro anfitrião, servindo a mesa e preparando o lanche. Somente depois, enquanto os amigos comiam, que ele pôde reparar com mais atenção na aparência dos pequenos forasteiros.

Finalmente, ele também notou o jogo dos sete erros em ação. Já à primeira vista tinha percebido que havia algo de errado com eles, mas agora que podia observar melhor viu que, **sem sombra de dúvida,** eles eram absolutamente **esquisitos.** A começar pelas roupas que não se pareciam com nada que ele já tivesse visto. Até mesmo em Florença, onde com sorte se poderia avistar um nobre comerciante veneziano coberto de sedas e joias ou até mesmo um príncipe. Isso, sem falar nos sapatos, que eram uma coisa esquisita que engolia o pé todo como uma segunda pele de couro. Muito estranho. E fora o problema da aparência, havia ainda o estranho jeito de falar, as maneiras à mesa... Enfim, eles eram muito diferentes de tudo que ele já vira em sua curta vida.

Somente o gato parecia normal, quer dizer, igual aos gatos que ele conhecia. Sua aparência e comportamento pareciam ser de gato mesmo e isso o tranquilizou um pouco porque, naquela época, todo mundo dizia que o gato era o bicho de estimação preferido pelas bruxas. Se o gato preto que, graças a Deus, também era branco, **parecia normal,** então, as crianças também deviam ser. Apesar disso, ouvindo os apelos de sua intuição, tentou puxar conversa com os estrangeiros para saber em que tipo de encrenca estava se metendo dessa vez.

Como quem não quer nada, Leonardo olhou para a menina, já que ela parecia ser a líder do pequeno bando, e perguntou:

– De onde disseste que vinhas?

Rafael apressou-se para responder, temendo que a tagarelice da amiga os colocasse em maiores apuros. Esquecendo-se completamente dos bons modos, falou com a boca cheia, provocando uma chuvarada de farelos de pão que voaram por todos os lados.

– A gente se perdeu... Acho que pegamos a condução errada...

A resposta era vaga e Leonardo não desistiria assim tão fácil de discutir o assunto. Portanto, insistiu:

– **Sim, já entendi que se perderam.** Mas de onde vieram? De algum outro vilarejo da vasta região da Toscana?

Mesmo enquanto comia, a cabecinha de Fernanda funcionava a pleno vapor, procurando um meio de fazer aquele sujeitinho enxerido entender o que havia acontecido com eles. Ela também tinha um aguçado sexto sentido que estava sinalizando para que tomasse cuidado, porque aquele garoto não era nada bobo. Talvez a atitude mais correta fosse contar a verdade de uma vez, por mais maluca que pudesse parecer. Então, quando ele começou com aquela conversinha mole, achou melhor tentar esclarecer tudo. Mas, como sempre, foi logo chutando o pau da barraca:

– Você acredita em mágica? – perguntou num quase sussurro. – Em coisas que acontecem mesmo quando não entendemos direito "o porquê" nem "como" acontecem? – prosseguiu, como quem não quer nada.

E, antes que Leonardo pudesse esboçar uma resposta qualquer, ela o interrompeu, falando cada vez mais entusiasmada:

– Já pensou por que, quando alguém pega um resfriado e começa a tossir e espirrar, é quase certo que quem estiver por perto também ficará doente? Já imaginou por que a doença anda de uma pessoa para outra? Como isso acontece?

O garoto olhou-a de cima a baixo, a desconfiança crescendo nele como uma gorda e transparente bolha de sabão. Afinal, aonde ela queria chegar com aquela conversa sobre doença. "Será que a pequenina é uma bruxa vinda dos Países Baixos?", pensou, começando a ficar realmente preocupado.

– Já imaginou que no "futuro"... – e ela fez uma pequena pausa para enfatizar a palavra futuro – as pessoas poderão descobrir como fabricar remédios que nos livrem dessas doenças? Que farão vacinas que evitarão que as pessoas peguem uma porção de doenças?

– Farão poções mágicas? – perguntou Leonardo.

Aquela conversa estava aterrorizando a mente do pobre garoto medieval, mas Fernanda não se dava conta do assombramento que suas revelações provocavam nele.

Ela nem sequer imaginava que Leonardo não frequentava uma escola regularmente. E que mesmo que o fizesse, com o pouco conhecimento que os mestres dessa época poderiam oferecer, certamente o garoto continuaria mais ou menos ignorante com relação às ciências em geral. Desconhecendo aquela realidade, ela prosseguiu com sua seção de inútil hipnotismo científico:

– Já pensou que, no futuro da humanidade, o homem poderá construir máquinas que o ajudarão a trabalhar muito melhor? Que economizarão tempo, esforço e dinheiro? – nessa hora, os olhos de Léo se arregalaram. Parece que ela havia tocado em seu ponto mais sensível: seu irrefreável desejo de inventar e de construir coisas.

– Como o quê? – perguntou, incrédulo.

– Que tal uma máquina que fosse capaz de voar como um pássaro, levando o homem de carona pelos céus afora?

Pensar numa ideia tão fantástica quase fez Leonardo cair do banco em que estava sentado; de quebra ele ainda pisou no rabo de Rex, que ficou completamente indignado e soltou um dolorido miado manifestando sua desaprovação.

Rex não estava gostando nadinha do rumo daquela conversa, porém, temia abrir a boca e, por causa de sua atual situação de gato falante, piorar as coisas mais ainda, marcando um ponto para o time das bruxas.

Apesar do susto que levara, Leonardo não se deu por vencido:

– Máquinas voadoras? Isso é impossível. Somente os anjos podem voar... – mas, mesmo enquanto discordava, o garoto considerava mentalmente as possibilidades de que isso fosse realmente possível e tentava imaginar como seria viajar numa maravilha dessas.

E foi nesse instante, enquanto Leonardo duelava com o aspecto absurdo daquele tempo futuro, com suas realizações e ideias malucas, que Fernanda deu-lhe o golpe fatal.

– Você quer mesmo saber de onde nós viemos, não é? Também reparou que parecemos diferentes de você, enquanto nos **media da cabeça aos pés,** não é? – e o menino corou, porque sabia que realmente cometera aquela indelicadeza.

Rafael sentiu pena dele; percebeu que, a essa altura do campeonato, Leonardo estava completamente hipnotizado pelos **encantos dramáticos** da pequena atriz.

— A verdade é que nós não somos tão diferentes assim. Afinal, também somos feitos de carne e osso, exatamente como você! — e fez uma pequena pausa, como que para valorizar um argumento tão bom. — A única diferença importante é que pertencemos a uma outra época. **Nós viemos do futuro!** E não me pergunte como isso aconteceu, porque não faço a menor ideia, assim como você também não sabe um monte de coisas que nós já sabemos. Os mistérios nunca cansam de surgir na vida da gente — concluiu a marota do século XXI, fechando a questão filosófica com um elegante meneio de cabeça.

— Isso só pode ser bruxaria! — murmurou Leonardo num fio de voz, completamente apalermado, porém certo de que somente um acontecimento mágico poderia explicar tantos absurdos.

No entanto, esse infeliz comentário foi justamente a gota de incompreensão que faltava para encher a paciência da garota.

Num acesso de fúria repentina, ela perdeu de vez a pouca compostura que tinha e começou a gritar, completamente descontrolada:

– Olha aqui, garoto, bruxa é a vovozinha! Isso não é bruxaria coisa nenhuma! É ciência! CIÊNCIA! – repetia, quase histérica. – Nunca ouviu falar?

Como era natural, Fernanda estava a um passo de perder as estribeiras e, antes que ela começasse a chamar Leonardo de toupeira analfabeta e outros adjetivos pouco simpáticos, Rex resolveu interferir. Começou a balançar o rabo de um lado para o outro na tentativa de chamar a atenção da pequena peste. Seu olhar clamava por paciência e sua mímica dizia: "Não estrague tudo! Nós precisamos da ajuda desse garoto".

A atuação do irmão foi tão ridícula que acabou por surtir um efeito calmante sobre Fernanda; foi como se um balde de água fria tivesse sido despejado sobre sua cabeça quente, trazendo-a de volta para a dura realidade. Ela compreendeu que naquele exato momento eles precisavam desesperadamente do auxílio de Leonardo e que ofendê-lo não ajudaria nem um pouco. Então, fazendo um esforço sobre-humano, ela **engoliu a fileira de desaforos** que trazia na ponta da língua ferina e novamente tentou explicar o inexplicável:

– Olha aqui, garoto, nós não somos bruxos nem feiticeiros pra fazer magia! Acontece que lá no futuro, de onde a gente veio, tudo é desenvolvido pela ciência! **As pessoas inteligentes** se trancam em escolas e laboratórios por anos a fio, para estudar e criar tudo que seja importante! Não é brincadeira, não! É preciso trabalhar muito duro e por um longo tempo para se descobrir como as coisas funcionam! Entendeu? Ou você pensa que é assim: alguém estala os dedos e aparece um avião!

Fernanda parou de falar e voltou para o seu lugar à mesa. De repente, sentiu que estava muito cansada. Afinal, como explicar para aquele garoto ignorante, **fruto obscuro da Idade**

Média, o que nem ela própria compreendia direito. Pensou que, se conseguisse voltar para casa, iria estudar para ser uma cientista, mesmo porque, como comprovava o ar de desaprovação de sua diminuta plateia, seu talento para o teatro era bastante limitado.

    Rafael foi pego de surpresa com a desistência da amiga, porém, achou que era cedo para desistir. Assumiu para si a responsabilidade de contar a história de um jeito mais objetivo. Rex ouvia tudo com muita atenção, mantendo as orelhas em pé e as **patas cruzadas para dar sorte.**

    – Olha, vou tentar explicar como tudo aconteceu, está bem? Era quase noite quando resolvi dar uma passadinha na casa da Nanda e, mal cheguei, começou a cair uma tremenda chuva, com raios e trovões sacudindo o céu. Mesmo com aquele dilúvio, a Senhorita Teimosinha, sentada à sua direita, insistiu em ligar o microcomputador... – ficou momentaneamente confuso, porque não sabia como explicar para Leonardo o que era isso.

    Então, com o dedo indicador em riste, desenhou um quadrado imaginário no ar:

– Imagine uma máquina de calcular tamanho-família, entende?

Leonardo, que não estava entendendo coisa nenhuma, fez que sim com a cabeça somente para que o menino pudesse continuar com sua versão da história.

– **É justamente nessa parte que as coisas ficam confusas,** porque tudo aconteceu muito rápido. Eu acho que um raio gigantesco caiu bem em cima das nossas cabeças, atingindo em cheio o microcomputador novinho da Nanda. Então, acho que ele foi eletrocutado pelo raio e se transformou em alguma coisa muito estranha, **com força suficiente para sugar** a gente para uma espécie de **túnel do tempo!** Primeiro ele pegou a Nanda, depois eu e, por último, o Rex.

– A máquina virou um monstro engolidor de gente? – perguntou Leonardo, que não conseguia acreditar no que estava ouvindo, enquanto Fernanda revirava os olhos, fazendo sua conhecida imitação da "toupeira maluca".

– **Não!** – protestou Rafael. – Virou um tipo de porta de entrada para um **outro mundo,** uma

outra dimensão ou algo parecido. Nós aterrissamos num lugar estranho, numa espécie de estação de trem esquisita. Um trem é um meio de transporte, hum... Assim como uma carruagem – comparou, mas sem muita convicção. – Deixe ver... É uma coisa enorme feita de ferro, em que a gente entra para ir de um lugar a outro.

Rafael parou por um momento. Encontrou o olhar de Rex com o canto do olho em busca de algum encorajamento; apelo a que o gatinho retribuiu prontamente, balançando a cabecinha preta em sinal de aprovação. Somente então ele conseguiu continuar com sua explicação do fenômeno:

– Bem, nós pegamos o trem porque tínhamos esperança de encontrar alguém que nos dissesse o que fazer para voltar para casa, mas **fomos expulsos por um bilheteiro doido** que nos jogou para fora do trem. Foi então que caímos bem aqui perto da sua fazenda. Depois disso ficamos andado às tontas por aí, completamente perdidos, até que topamos com você e descobrimos que voltamos no tempo mais de quatrocentos anos. Pelo visto, acho que **estamos perdidos no passado!** Acredite ou não, a verdade é que viemos do século XXI, do ano de 2010. Nascemos no Brasil e não adianta perguntar onde fica no mapa do mundo, porque, nesta sua época, nosso país ainda nem foi descoberto. Será que me esqueci de algo importante? – perguntou Rafael para os amigos, que permaneciam congelados em seus lugares como dois picolés de limão.

Rex, que tinha ficado calado o tempo todo, achou que já era hora de liquidar com qualquer segredo que pudesse restar e emendou:

– **Há mais uma coisa, sim! Eu falo!** E antes que alguém pergunte, já vou adiantando que também não sabemos explicar como isso aconteceu. Que fique bem claro que, antes dessa maluquice toda, eu não falava porque, como você deve estar cansado de saber, **gatos não falam.** E agora, para que não restem mais dúvidas sobre esse assunto, farei uma lista com as coisas que nós não sabemos explicar...

Para completar o constrangimento geral, Rex passou a enumerar didaticamente uma lista completa dos "não esclarecimentos".

– **Primeiro:** não sabemos como viemos parar aqui. Temos apenas algumas hipóteses para explicar o ocorrido. Segundo: não sabemos por que, de repente, comecei a falar – ele parou por um instante, considerando se aquilo era particularmente bom ou ruim. – Terceiro: não temos a menor ideia de por que o passado está habilitado com uma inacreditável tecla SAP de tradução simultânea. Afinal, nós falamos português e você deve falar italiano, porém, estamos nos entendendo bastante bem.

– Aposto que é um mistério causado pela relatividade. Devíamos procurar pelo Einstein![7] – respondeu Fernanda, interrompendo o irmão com ironia.

– Agora, atenção, porque essa é a questão mais importante – sinalizou o gato. – Nós não temos a menor ideia de COMO PODEMOS VOLTAR PARA CASA.

– Minha cabeça está doendo... – isso foi a única coisa que Leonardo conseguiu dizer depois de ouvir toda aquela barbaridade.

Ao ouvir essa queixa, Rafael ficou subitamente feliz, porque sabia que finalmente poderia aju-

---

[7] Albert Einstein (1879-1955) – Físico teórico, nascido na Alemanha. Foi o descobridor da relatividade e fez contribuições fundamentais à teoria quântica. Em 1921, recebeu o prêmio Nobel de Física.

dar em alguma coisa. Enfiou a mão no bolso da calça e esvaziou seu conteúdo sobre a mesa: havia algumas balas de hortelã, um pequeno canivete suíço, um isqueiro e um comprimido de aspirina, que ele pegou com delicadeza e ofereceu ao menino.

– Engole isso que a dor passa rapidinho.

Leonardo revirou a bolinha branca entre os dedos, tentando imaginar como algo tão insignificante poderia curá-lo. Então, num estalo, compreendeu que aquilo era um remédio! Para curar dor de cabeça! Era incrível, mas era verdade! Observou os objetos sobre a mesa e compreendeu que cada um deles era uma maravilha em potencial. Um novíssimo mundo surgia a sua frente e se chamava FUTURO.

Assumindo o famoso lado prático de sua personalidade, Fernanda decidiu que já era hora de saírem daquele marasmo. Precisava tomar uma iniciativa qualquer, agora que tinham esclarecido que não eram bruxos perversos, gnomos potencialmente perigosos ou coisa parecida.

– Léo? Posso te chamar de Léo, não? Acho que precisamos voltar para o lugar onde caímos do trem maluco para tentar encontrar alguma pista que nos ajude a voltar para casa. Você nos levaria até lá?

Rex, que ainda não estava acostumado com a cara de pau da sua irmã adotiva, achou que ela estava **exagerando na meiguice**. "Será que essa bandida está aproveitando a oportunidade para paquerar?", pensou com seus botões de gato.

– Sim, certamente – afirmou Leonardo. Estava pronto para sair, quando novamente reparou nos trajes de seus novos amigos.

O problema que lhe chamou a atenção era que as **roupas dos forasteiros** destoavam profundamente da pitoresca paisagem campestre, fazendo com que chamassem mais atenção do que se fossem ursos amestrados de circo.

– Perdão, amigos, mas antes de irmos preciso encontrar novas vestimentas para vocês, porque estas que estão usando são por demais estranhas. Esperem aqui... Volto logo... – disse Leonardo, saindo rapidamente da cozinha.

– **Aleluia!** Até que enfim ele começou a usar aquela cabeça dura – resmungou Fernanda, indo sentar-se novamente à mesa, aproveitando para comer mais uma fatia daquele delicioso pão italiano.

Instantes depois, Leonardo reapareceu puxando com dificuldade um enorme e antigo baú. Dentro dele sua avó guardava as roupas que não lhe serviam mais para que pudessem ser desmontadas e depois reaproveitadas.

Naquela época, o processo para a confecção de roupas era bastante complicado. Começava com a criação de ovelhas, que depois eram tosquiadas para obter-se a lã; em seguida, essa lã era pacientemente fiada numa roca até se transformar num fio que pudesse ser trabalhado num tear manual. Somente depois de todo esse trabalhoso processo feito à mão, é que finalmente se obteria uma peça de roupa qualquer. Resumindo: essa mão de obra toda conferia um valor excepcional a qualquer peça que fosse produzida, e isso transformava aquele baú numa verdadeira arca do tesouro para uma família de trabalhadores rurais como aquela.

"Se minha *nona*[8] me pega mexendo neste baú, há de me tirar o couro", pensou Leonardo, enquanto

---

[8] *Nona*: "avó", em italiano.

abria a arca e escolhia peças que pudessem servir, esticando-as e medindo-as, comparando cada uma com a pequena estatura dos viajantes.

Já Rex não precisava se incomodar com esses detalhes e continuaria envergando seu habitual casaco de pelos, apesar do calor que o coitado teria de suportar, andando sob o **inclemente** sol do verão italiano.

Só de olhar para o céu ele sentia saudades antecipadas do seu refúgio no **paradisíaco** Resort Flamboyant, seu hotel particular de cinco estrelas no alto da árvore na propriedade da Família Braga.

Leonardo deu a cada um deles uma troca de roupa e, **sem dar um pio,** saiu da sala empurrando o baú para o outro aposento. Voltou um instante depois, pôs o dedo indicador sobre a boca e, com a outra mão, fez um gesto que indicava que eles deveriam acompanhá-lo em silêncio. A precaução se justificava porque estava quase na hora de os avós voltarem de seu passeio matinal, e Leonardo não queria ter de explicar nada do que estava acontecendo.

Voltaram para o celeiro, colocaram as roupas "antigas" e esconderam as "modernas" sob um fardo de feno. Fernanda quase arrebentou de tanto rir ao ver Rafael fantasiado do que ela batizou de "Espantalho do Mágico de Oz II – O Retorno"; mas a brincadeira perdeu a graça quando o menino notou que ambos vestiam modelos do mesmo estilista medieval e que, ainda por cima, as roupas eram masculinas. Emburrada, ela saiu porta afora, bufando e pisando duro; os garotos a acompanharam, sempre um passo atrás, como soldados seguindo um impaciente general.

Caminharam num passo acelerado pela mesma estradinha de terra batida, fazendo o caminho inverso até a borda da floresta de carvalhos onde tinham caído do trem fantasma. A paisagem em torno parecia pintada à mão, tamanha era a vivacidade das cores das árvores e das flores e, principalmente, da luminosidade admirável que se projetava do céu azul, absolutamente livre de problemas modernos, como poluição e buracos na camada de ozônio.

Fernanda respirava satisfeita, enchendo os pulmões de ar sem medo de ser feliz, enquanto pensava no mal que o futuro progresso do homem estava fazendo à natureza do seu querido planeta Terra. Talvez uma **voltinha ao passado** pudesse ser **muito útil** a certas corporações e **certos reizinhos** que mandam no mundo, para que pudessem ver com seus próprios olhos como a natureza é mais generosa com os homens quando não é agredida sem parar.

Quando finalmente chegaram ao local onde haviam aterrissado, não encontraram nada de diferente. Lá estava o mesmo chão duro coberto de relva e o mesmo bosque fechado à frente. Estavam cansados pela caminhada e desanimados porque não havia pista alguma; então, decidiram descansar um pouco antes de iniciar o trajeto de volta.

De repente, um vulto enorme saiu do meio das árvores e **quase matou todo mundo de susto.** Fernanda deu um gritinho estridente, Rex saltou para longe e Rafael pisou no pé de Leonardo, que caiu sentado no chão grunhindo de dor. No instante em que reuniam forças para sair correndo em disparada, foram interrompidos por uma sonora voz de barítono que disse:

– **Perdão, crianças!** Eu jamais desejei assustá-las dessa maneira! Perdão!

E, sem demonstrar a menor cerimônia, puxou as pregas do hábito de monge e sentou-se na relva para fazer companhia a Leonardo, que continuava largado no chão, como jaca madura quando cai do pé.

Fez um gesto amistoso com a mão enorme, convidando os outros a se aproximarem. Somente Rex continuou arisco, preferindo observar a cena de uma distância segura.

– O senhor quase nos mata de susto, Padre Genaro! – falou Leonardo, finalmente reencontrando a língua.

O monge soltou uma sonora e musical gargalhada. Estava se divertindo muito com o terror que sua súbita aparição provocara, parecendo até que ele fazia aquela brincadeira com muito mais frequência do que estaria disposto a admitir.

"Então esse é o seu pequeno truque: matar de susto as criancinhas distraídas, não é, balofão?", pensou Fernanda, sentindo a raiva pipocar em seu estômago.

– Quem mais poderia ser? O Bicho-Papão? – e o velho homem riu novamente; a grande pança subindo e descendo, balançando feliz sob o seu hábito de monge.

— **De qualquer forma,** não é bom que fiqueis passeando tão perto da floresta! – disse ele, tentando aparentar alguma seriedade. – Decerto, meu compadre Antônio não deu permissão para que o pequeno Leonardo ficasse reinando aqui na floresta, não é? – perguntou o fanfarrão.

— Não, senhor Padre – disse Leonardo, demonstrando reconhecer a ameaça velada do monge de contar a seu avô que o pegara vagando muito além dos limites da fazenda.

— Bom, então agora que já descansamos, vamos todos voltar para casa! **Eu sigo por aqui** – e apontou para a floresta – **e vocês por ali!** – e com a outra mão enorme em forma de seta mostrou a direção da fazenda.

— **Vão com Deus!** – acenou rapidamente e entrou por entre o emaranhado de árvores gigantescas, desaparecendo tão rápido quanto havia surgido momentos antes. Certamente, esse era o seu **melhor truque,** o de desaparecer na mata sem fazer o menor **ruído.**

— Ufa! Que sujeitinho! – suspirou Fernanda, finalmente dando mostra da irritação que sentia. – Vamos voltar! Aqui não tem nada que nos interesse mesmo. Epa! Cadê o Rex?

Assim que ouviu seu nome, Rex saiu do esconderijo sob a folhagem e se juntou ao pequeno grupo. Quando resolveu falar, estava literalmente com "cara de nenhum amigo".

– Vocês viram aquele cara? – e o gatinho agitado olhava de um rosto para o outro, girando a cabeça como se fosse um cata-vento. – Pois aposto todos os meus bigodes como vi aquele mesmo velhinho de vestido marrom saltando do trem maluco!

Assim dizendo, pulou para o colo de Fernanda para ficar de frente com ela e poder olhar bem dentro de seus imensos olhos castanhos. Incrédula, ela perguntou ao irmão peludo:

– Tem certeza de que foi ele mesmo que você viu saindo do trem?

– Tá brincando... Você acha que eu iria me esquecer de um sujeito com uma roupa daquelas? Não repararam naquela coisa esquisita, que parece uma corda com uma cruz de madeira pendurada na ponta, que ele usa para amarrar o vestidão feito de saco de estopa?

Leonardo engoliu em seco, tentando deter o **acesso de riso** que teimava em escapar de sua boca. Imaginava a reação de seu avô ao ouvir a descrição pouco respeitosa que Rex fazia do hábito da ordem de São Benedito que o velho monge trajava.

– Não consegui ver a cara dele no vagão porque ele usava o capuz para esconder o rosto, mas repito: aposto cada um dos meus bigodes que foi ele quem pediu para saltar do vagão neste lugar!

– Como você pode ter tanta certeza? – duvidou Rafael, fazendo a pergunta que estava na cabeça de todos.

– Porque ouvi quando o bilheteiro pegou o bilhete da mão dele e avisou que seria o próximo a descer. E o vi novamente, quando ele saiu de fininho por uma outra porta quase na mesma hora em que aquele doido nos botou para fora do trem. Desculpem se não contei antes, mas tinha me esquecido completamente disso até dar de cara com ele novamente! Além do mais, não me pareceu uma coisa importante...

— **Rápido!** Precisamos segui-lo! — protestou Fernanda, acordando para a possibilidade de perder de vista a única pista que tinham para encontrar o caminho de volta para casa!

— **Não adianta correr.** Ele conhece esse bosque como a palma de sua mão e, a esta hora, já deve estar bem longe daqui... — retrucou Leonardo.

Rafael e Nanda fitaram Rex com **um olhar magoado,** demonstrando toda a **indignação** que sentiam por aquele imperdoável esquecimento. Sobrou para o nobre Leonardo salvar o amigo felino daquela situação constrangedora.

Sem pensar duas vezes, ele levantou-se de um salto e correu para a borda da floresta de carvalhos. Deteve-se por apenas um instante e, sem sequer olhar para trás, gritou:

— **Não saiam daqui de jeito nenhum!** Se ouvirem alguém, tratem de se esconderem atrás das árvores. Sei onde o monge mora e garanto que lhes trarei a verdade!

Assim dizendo, embrenhou-se pela floresta, que era sua velha conhecida. Obviamente, aquela área da vila era expressamente proibida para ele, mas é claro que Seu Antônio, conhecendo o neto que tinha e lembrando-se de sua própria meninice, sabia de antemão que essa proibição jamais seria cumprida.

Enquanto Leonardo se afastava, Fernanda, que odiava perder o controle de qualquer coisa, bufava. Sua raiva era tanta que ela não conseguia sequer brigar com seus desanimados companheiros de viagem. Odiava o fato de Leonardo sair sozinho em busca da **solução daquele mistério.** Ter de ficar de fora da aventura, mesmo que apenas por um momento, era uma coisa que aquela guria **não conseguia engolir.** Sem poder fazer mais nada a não ser esperar que o amigo voltasse, sentou numa pedra próxima e ficou a ruminar **o sapo que trazia entalado à garganta.**

ENCRENCAS NA ITÁLIA RENASCENTISTA

Leonardo escolheu um atalho e tentou avançar rapidamente, porém o chão da floresta era muito acidentado, o que resultava numa caminhada lenta e perigosa. Os gigantescos carvalhos atravancavam a vista da trilha, que de tão pouco usada era quase inexistente.

E, ainda por cima, havia por toda parte um tipo de musgo escorregadio que brotava do chão, escondendo os emaranhados dos galhos caídos e das raízes do tamanho de jiboias.

Depois de andar um bom tempo sob a sombra agourenta daquelas árvores centenárias, Leonardo finalmente encontrou o que procurava: a pequena clareira na floresta, onde morava o Padre Genaro.

A clareira era um trecho de terra desmatada, onde os monges haviam construído uma cabana bastante rústica e cultivado uma pequena horta. Há anos, o monge vivia isolado no meio da floresta, fazendo o que ele mesmo chamava de "retiro espiritual". Seu isolamento de eremita só era quebrado quando ele ia à vila, e mesmo nessas raras ocasiões ele preferia manter-se afastado da maioria das pessoas. No entanto, quando encontrava com alguém caminhando pela estrada, fazia questão de ser amistoso e cordial.

Naqueles anos todos, o garoto nunca havia sentido medo do religioso. Porém, verdade seja dita, Leonardo achava o monge meio destrambelhado e desconfiava que ele protegesse algum segredo. Além do mais, Leonardo pensava que o fato de ele ter sido reconhecido por seus novos e estranhos amigos era uma coincidência bastante inquietante. Alguma coisa lhe dizia que essa estranha coincidência confirmaria suas piores desconfianças sobre o monge.

Claro que, quando o garoto finalmente chegou à clareira, o monge já estava em casa há tempos e, a julgar pelo enorme caldeirão que fumegava na fogueira acesa no meio do terreiro, devia estar adiantando o almoço.

Leonardo prendeu a respiração e se aproximou sem fazer o menor ruído, na expectativa de surpreendê-lo, quando ouviu um murmúrio bem às suas costas, quase ao pé de seu ouvido:

– Demoraste, filho.

Seguiu-se o de sempre: um novo pulo de susto, uma nova gargalhada do monge com sua agradável voz de barítono e um esfuziante, porém, nada convincente, pedido de desculpas. Leonardo, vermelho de raiva e cansado de fazer papel de palhaço, decidiu dar o troco, sacando a única carta que tinha na manga: um boato que ouvira havia muito tempo e do qual jamais esquecera.

– Pois saiba, Senhor Padre, que vim até aqui porque descobri o seu segredo. És um alquimista! Por isso que vives aqui, embrenhado como um urso nesta floresta sombria – os olhos castanhos claros do garoto lançavam faíscas, enquanto seu corpo todo tremia de raiva.

Diante daquela grave acusação, toda a cor e o bom humor fugiram da face de Genaro. Afinal, ele conhecia os boatos que corriam a seu respeito e tinha plena consciência de que seus fiéis esperavam que ele fosse um religioso normal, o que significava dedicar-se à salvação das almas do rebanho de Deus, em vez de meter-se a fazer experimentos científicos não autorizados pela Igreja.

Naquela época remota, tão cheia de crendices e de superstições, qualquer pessoa que pretendesse descobrir como as coisas funcionavam poderia se meter em sérios apuros. Por qualquer coisinha, alguém poderia ser acusado de cometer heresias, tais como não respeitar a religião ou praticar bruxaria e, sem mais nem menos, acabar sendo cozido como um repolho numa fogueira em praça pública.

Na verdade, um alquimista era uma espécie de cientista. Era alguém que desejava ardentemente saber como as coisas funcionavam e que realizava experiências em busca dessas respostas.

Naquele tempo havia uma quase ideia fixa entre esses pesquisadores medievais: alguns dedicavam a vida e arriscavam a própria saúde tentando encontrar uma fórmula para transformar metal em ouro.

Porém, não era exatamente nisso que o monge trabalhava. Ele passava seus dias pesquisando ervas raras que só eram encontradas naquela remota floresta, em busca da fórmula para fazer o elixir da boa saúde, algo como um remédio que pudesse, sozinho, curar todas as doenças da humanidade. É claro que, com o passar dos séculos, a ciência evoluiu a ponto de perceber que essas teorias perseguiam sonhos impossíveis e tratou de corrigir os erros de rota desses pioneiros da ciência.

No entanto, aquela grave acusação, feita assim à queima-roupa, teve um efeito tão devastador sobre o bom ânimo do monge, que Leonardo imediatamente se arrependeu do que dissera. Porém, como tudo tem seu lado positivo, Genaro finalmente parou de fazer gracinhas e começou a prestar mais atenção no que Leonardo tinha a dizer. Isso deu a chance que o menino precisava para descobrir o que ele realmente sabia sobre aquela história.

Leonardo contou para o monge a aventura de seus amigos com a carroça de ferro, que eles chamavam de trem, e que eles afirmavam ter vindo do futuro por causa de um acidente envolvendo um raio.

Enquanto falava, o menino pensava que aquilo pareceria um **monte de doidices** aos ouvidos de qualquer cristão e que ele estava bancando a "toupeira maluca", como diria Fernanda. Quando Leonardo terminou de falar, ficou espantado com a reação do monge. Ele ouviu tudo com a maior atenção, como se aquela maluquice toda fosse uma coisa perfeitamente natural, e ainda por cima **se manteve inabalável,** mesmo quando Leonardo o acusou de ter viajado naquele mesmo trem.

Ao discurso do garoto, seguiu-se um longo silêncio em que o monge olhava para o céu, depois para o caldeirão e em seguida para o céu novamente. Quando finalmente decidiu falar, tinha o espírito alarmado, como se estivesse incrivelmente surpreso com algo realmente inacreditável:

– Então é isso! Foi mesmo o raio! Bem que desconfiei. A natureza está repleta de maravilhas que não se cansam de nos surpreender! Mas o que será que o atraiu? Eu mesmo... A poção que eu fazia... Ou quem sabe, talvez, o ferro do caldeirão?

Leonardo mal podia acreditar em seus ouvidos. Será que aquela história maluca era mesmo verdadeira? Sendo, ainda restava saber até onde o monge estava envolvido. Naquele instante, decidiu que desvendar aquele mistério era uma questão de honra para ele.

– Padre Genaro, por favor, conte-me tudo. O que sabe sobre a carroça de ferro? – indagou Leonardo.

Então, como para mostrar que a história era longa, Genaro procurou pelo tronco de árvore que lhe servia de banco e sentou. O monge contou que, na noite anterior, estava concentrado num experimento científico particularmente difícil, quando repentinamente começou a chover. Se fosse uma fórmula qualquer, ele teria tampado o caldeirão, encerrado o expediente e corrido para a cabana.

No entanto, a tal fórmula era o misterioso elixir da saúde e sua preparação estava numa fase em que não poderia deixar de ser mexida nem por um segundo. Bastaria um minuto de desatenção para pôr a perder toda a poção. Então, foi em nome da ciência que Padre Genaro, apesar da tormenta que o fustigava, continuou firme no seu posto, mexendo a preciosa fórmula e rezando para que a chuva parasse antes que ele pegasse uma pneumonia.

De repente, **um raio,** que era o maior que ele já vira em sua vida, **riscou o céu** desafiadoramente, desenhando uma **longa cicatriz** que percorreu todo o firmamento negro. No segundo seguinte, atraído não se sabe pelo quê, o raio mudou de rota e **desceu sobre a terra** com força total, descarregando sua fúria selvagem a um tantinho assim da cabeça do pobre monge.

A descarga elétrica foi tão forte que lançou o velho monge para longe, onde ele caiu desmaiado. Quando finalmente acordou, ele percebeu que estava numa espécie de **caverna** muito estranha, ladeada pelo que parecia ser um **enorme fosso.**

Leonardo sabia que ele falava da mesma estação misteriosa que os amigos haviam descrito e por onde corria, de tempos em tempos, a tal carroça de ferro. Genaro também contou que vagueou a esmo por ali um bom tempo, até que encontrou um sino antigo e que, quando decidiu tocá-lo, surgiu a tal carroça de ferro. Estava claro para Leonardo que o monge, mesmo sem querer, também conseguira embarcar no trem.

– Foi incrível, Leonardo! Uma coisa de outro mundo! Indescritível! E pensar que foi aquele bendito raio que me mandou para lá... – concluiu, sonhador.

O garoto percebeu que Genaro estava escapando para mais um de seus devaneios científicos, então, se apressou em esclarecer sua dúvida mais importante:

– Mas, Padre, como conseguiste voltar para cá?

– Simples, meu pequeno. Perguntei. Lembra-te do ditado: quem tem boca vai a Roma!

Leonardo fez uma expressão apalermada, indicando que não estava preparado para uma resposta assim tão simples e que precisava de mais detalhes para compreender melhor. Genaro, compadecido de sua cara de bobo, explicou pacientemente que além dele havia outras pessoas viajando na carroça de ferro. Um desses passageiros chamou sua atenção por causa da gigantesca esmeralda que trazia dependurada no peito. O estranho traje que o homem envergava lembrava as roupas usadas pelos sacerdotes orientais. Animado por essa impressão, ele sentou-se ao seu lado e começou a puxar papo.

Conversa vai, conversa vem, Genaro acabou contando ao estrangeiro tudo o que acontecera e aproveitou para perguntar ao viajante o que ele tinha de fazer para conseguir voltar para casa. Então o estranho de turbante explicou de maneira muito simples o que precisava ser feito: bastava que escrevesse num pedaço de papel o destino desejado e que o entregasse ao bilheteiro, quando este o pedisse.

Leonardo estava tão ansioso, que mal conseguia respirar, isso porque sabia que o regresso de seus amigos para casa dependia daquela importantíssima informação. Procurou manter a calma e encheu os pulmões de ar, respirando profundamente, antes de pedir:

– Como assim, Padre Genaro! Por favor, queira explicar melhor...

– Bom, ele mandou que eu escrevesse o meu destino com o nome do país de onde eu vinha, seguido pelo nome da minha cidade natal e também a data completa do meu retorno, com o dia, o mês, o ano e a hora aproximada de minha chegada. No fim da conversa, acho até que ficamos amigos, porque ele me emprestou sua pena de ouro e um pedaço de pergaminho de finíssimo linho egípcio, em que escrevi o meu destino completo. Depois aguardei pacientemente até a hora que o bilheteiro corcunda apareceu e pediu meu bilhete.

Em seguida, o monge contou que, assim que o estranho bilheteiro pegou o pedaço de papel improvisado, a carroça de ferro parou e uma porta surgiu do nada para que ele saísse. Quando olhou para trás, a tal coisa voadora havia sumido sem deixar rastro. Foi então que Genaro tratou de voltar rapidinho para seu refúgio, rezando para que ninguém o tivesse visto naquela atitude suspeita, saltando daquela aparição, à beira da floresta.

– A verdade é essa, e espero sinceramente, pequeno Leonardo, que a mantenhas em absoluto segredo. Ainda tenho muito que estudar para tentar compreender o significado dessa estranha experiência. **Preciso pensar...** No momento, me interessa descobrir o que, exatamente, atraiu aquele raio... Talvez tenha sido uma árvore próxima... – resmungou.

– Muito agradecido, Padre Genaro! Agora, sim, posso voltar e tentar ajudar meus novos amigos! – disse o garoto.

– **Que Deus os proteja!** Manda lembranças minhas a seus avós... – falou Genaro e saiu andando em direção à cabana, já completamente esquecido de Leonardo, absorto em mais um de seus devaneios científicos.

De volta para a floresta, enquanto Leonardo caminhava para a estrada, uma dúvida passou a atormentar seus pensamentos. Tentava compreender por que o monge não tinha sido devolvido diretamente na clareira da floresta, onde o raio o atingira. Por que tinha retornado na estrada, à beira da floresta? Havia alguma coisa errada com aquilo.

Leonardo pensou no bilhete. O país: Itália; a cidade: Anchiano; a vila: Vinci. Todas aquelas informações eram corretas. A data de retorno também... Mas e quanto à hora do retorno? Claro! O problema só podia estar na imprecisão da hora! O monge devia ter usado uma hora aproximada, porque decerto não sabia qual era a hora exata no momento em que fora atingido pelo raio fulminante. Leonardo sempre achou que devia haver um jeito de medir as horas com mais precisão. Satisfeito com o raciocínio inteligente, anotou o detalhe na memória para mais tarde repassar a informação aos amigos e seguiu seu caminho floresta adentro a passo acelerado.

***

Fernanda já estava à beira de um ataque de nervos, quando Leonardo finalmente emergiu das sombras da sinistra floresta. A sensação que teve ao vê-lo chegar assim tão radiante era a mesma de um viajante perdido no deserto que subitamente avistasse um oásis. Significava alívio para o tempo presente e esperança no futuro. Isso sem falar na beleza da luz dourada da tarde, que, refletindo sobre seus cabelos castanhos, quase loiros, fazia reluzir o seu olhar valente. **Ela mal conseguiu disfarçar um suspiro**, e Rex percebeu que algo de muito novo estava acontecendo no coração daquela mocinha.

– Léo! Graças a Deus, você chegou! Não aguentávamos mais esperar! **Olha isso aqui...** – e puxou a mão de Rafael com força suficiente para provocar uma careta de dor. – Veja, ele roeu quase tudo, só ficaram uns tocos... Sua mãe vai te matar, toupeirão!

Leonardo balançou a cabeça e abriu um largo sorriso, porém, nada disse. Estava gostando de fazer **um pouco de suspense** antes de dar as boas notícias. Enfim, contou:

– Está tudo bem. O Padre Genaro explicou direitinho tudo o que precisamos saber. Uma vez dentro da carroça de ferro só precisam escrever um bilhete que diga claramente para onde querem ir. A questão principal é: como chegarão lá?

Três rostos, verdadeiros pontos de interrogação em tamanho-família, o fitaram.

– Vejamos: quando a máquina que tu usavas foi atingida pela **força do raio,** acabaste lançada na via de onde partia a carroça de ferro – e Fernanda abanou a cabeça em sinal afirmativo, muda de expectativa pela primeira vez desde que se podia lembrar.

– Os outros a seguiram perseguidos pela mesma força da natureza. **Padre Genaro também foi atingido por um raio** e puxado para a mesma via, sendo que lá também encontrou a carroça. **Logo, precisamos de um outro raio** e que seja forte o bastante para mandá-los de volta para a via onde corre a carroça de ferro!

Como se aquela fosse uma "deixa" de teatro, Nanda, Rafa e Rex imediatamente olharam para cima a fim de verificar a situação do tempo. Para desânimo geral, o que viram foi um céu majestoso, absolutamente azul-celeste, onde não havia uma única nuvem sequer para dar o ar da graça ou, melhor dizendo, da chuva.

– **Tá brincando!** Olha só esse céu azul! Tá ótimo pra pegar uma praia! Parece que só vai chover no próximo século! – resmungou Rafael, desconsolado.

– Calma, calma... Não esqueçam que aqui também é verão! O dia nasce bonito, depois vai esquentando e, de repente, desaba uma tempestade... – disse Rex. Porém, o tom de sua voz denunciava que ele estava tentando ser otimista a fim de combater o próprio desânimo.

Fernanda recomeçou a andar de lá para cá, absolutamente aflita, porque não conseguia ter nenhuma de suas ideias brilhantes para resolver aquele problema meteorológico. Novamente, Leonardo resolveu o impasse, quando decidiu:

– Vamos para casa. Acho que sei o que fazer.

E já que ele era o único que sabia, aos outros não restou outra alternativa senão acompanhá-lo. O abatimento geral era tão grande que até mesmo Fernanda, que normalmente adorava discutir, aceitou a sugestão sem dar um pio.

A garotada caminhava pela mesma trilha por onde tinha vindo, quando uma grande nuvem de poeira surgiu no horizonte indicando que alguém se aproximava a galope. Nossos viajantes se entreolharam alarmados, pois não havia um único lugar onde pudessem se esconder naquele árido trecho do caminho. Com uma calma que não é deste mundo, Leonardo parou diante de cada um de seus novos amigos e, olhando-os de alto a baixo, fez uma breve vistoria. Procurava por alguma coisa fora de lugar que pudesse levantar suspeitas sobre seus amigos. E como diz o ditado: "Quem procura, acha", ele acabou encontrando algo estranho.

– Aconselho-vos a tirarem vossos estranhos sapatos... – e dando mais uma última olhada, completou: – O restante há de passar por normal.

Nem é preciso descrever a cara de nojo que Nanda fez ao se imaginar andando descalça por aquela trilha empoeirada. Indignada, tratou de esquivar-se, resmungando entredentes que preferia ser morta por um dragão a desistir sem luta de calçar seu tênis de estimação.

– Não se trata de um inimigo! Decerto é meu tio Francesco que regressa de Vinci. Peço-vos: tirem essas coisas para que ele não estranhe nada. Direi que são parentes distantes do Padre Genaro e que estão aqui de visita. Dessa forma prosseguimos com o tio até a casa e poupamos uma bela caminhada.

Foi somente em nome daquela carona imperdível que a pestinha fez o que Leonardo sugeria. Mesmo por que andar descalça de charrete era muito melhor do que andar quilômetros a pé, mesmo usando tênis.

Num instante a nuvem de poeira alcançou o pequeno grupo e Leonardo, polidamente, apresentou seus novos amigos ao simpático tio Francesco.

– **Até que enfim,** Deus ouviu minhas preces e mandou crianças de carne e osso para te servirem de companhia! – anunciou o tio, enquanto Nanda, Rex e os meninos subiam na charrete. – Vivo pedindo a Leonardo que largue de lado aquelas engenhocas que lhe tomam o tempo todo e que **vá brincar com gente de verdade,** mas ele nunca ouve os meus aconselhamentos...

Leonardo mantinha os olhos postos na estrada, tentando ficar indiferente aos comentários do tio; ele o adorava, porém, às vezes achava que falava demais.

O homem seguiu por todo o trajeto **falando pelos cotovelos** e Rex, que não podia dizer nada, teve bastante tempo para reparar no fazendeiro, cuja face fanfarrona e curtida pelo sol exalava bom humor e vitalidade, apesar dos muitos vincos que denunciavam certa idade. Contudo, seu corpo troncudo exibia uma aura de saúde de dar inveja a muito atleta do século XXI.

Fernanda, Rafael e Rex estavam loucos para saber detalhes do plano que Leonardo estava arquitetando para enviá-los de volta para casa; porém, a presença do tio impedia qualquer discussão sobre o assunto. Então se esqueceram momentaneamente dos problemas e se deixaram levar pelo palavrório de Francesco, dando boas risadas com os "causos" que ele contava sem parar. Leonardo apenas abaixava a cabeça e sorria, exatamente como faz quem já conhece uma história de cor e salteado.

Os tons dourados do sol poente tingiam os céus de Anchiano, quando nossos pequenos heróis finalmente chegaram à casa. Assim que a charrete parou na entrada da velha casa de pedra, Nanda tratou de sacudir Rafael do cochilo que o embalava, dando-lhe um belo cutucão nas costelas ossudas; em seguida pegou Rex no colo e se aprontou para saltar como uma gansa desajeitada. Porém, antes que ela desse o primeiro passo, Leonardo se adiantou rapidamente e enlaçando-a pela cintura, ergueu-a elegantemente no ar para, em seguida, pousá-la delicadamente ao solo. A garota ficou visivelmente encantada com a gentileza, mas, como precisava manter sua fama de durona, mal esperou que seus pés tocassem o chão para recomeçar a reclamar:

— Eca! Fiquei imunda com toda essa poeira! Preciso de um banho agora mesmo! – e saiu correndo pela casa adentro, antes que os meninos pudessem perceber o verdadeiro motivo para tanta pressa: estava vermelha como molho de tomate e seu coração batia tão forte que parecia que ia saltar pela boca a qualquer momento.

Assim, preocupado em cuidar das necessidades de seus hóspedes, lá foi o pobre Leonardo em seu encalço, enquanto Rafael se oferecia para ajudar tio Francesco a descarregar as compras da charrete.

Rex considerou que, já que tinha sido relegado à condição de um reles e mudo gato, não precisava ser gentil como Leonardo, tampouco prestativo como Rafael. Decidiu que seria apenas um gatinho folgado e feliz; aproveitou para ficar deitado na charrete, apenas apreciando o belíssimo pôr do sol da Toscana, emitindo um ronronar satisfeito.

Foi somente à noitinha, depois que nossos heróis literalmente devoraram o delicioso jantar que a avó de Leonardo preparou, que eles puderam encontrar uma desculpa e fugir para o jardim. Apenas lá, longe dos olhos observadores dos adultos, eles poderiam ficar à vontade para conversar sobre o principal motivo de **suas atuais preocupações:** o **tempo.**

Naquela noite, o **otimismo abandonou** de vez o coração de nossos heróis, quando eles voltaram a esquadrinhar o céu e deram com uma **abóbada celeste** verdadeiramente **resplandecente.** Parecia que contemplavam um infinito tapete negro, onde brilhavam milhares de milhões de estrelas felizes.

A **Lua cheia reinava soberana** no firmamento e seus raios prateados iluminavam tudo ao seu redor. Admirado com a bela paisagem noturna, Rex estava novamente **perdido em seus devaneios,** completamente extasiado com a criação de Deus e comovido com tanta beleza, quando um forte puxão de orelhas o trouxe de volta ao planeta Terra.

— Miauuuu... – resmungou, com um gemido de dor.

— Alô! Tem alguém aí? Tô falando com você! Dá pra fazer o favor de voltar da Lua e conversar com a gente?

— Vamos recapitular o que eu já falei e você não ouviu porque estava bancando o astronauta. Perguntei:

"... Como será que nosso querido Leonardo pretende arrumar um raio que seja potente o bastante para nos mandar de volta para casa?" – murmurou a peste, cheia de ironia.

"Então, agora é assim, enquanto um leva bronca injustamente, o outro é promovido a *querido Leonardo*", pensou Rex, que não estava achando a menor graça naquela súbita paixonite que atacara a bruxinha. Chateado, achou melhor sair de perto dela e foi procurar por Rafael, que estava encostado a uma pedra logo ali adiante, quase dormindo sentado. Subiu no colo do amigo e não resistiu ao impulso muito felino de afofá-lo um pouquinho para que ele acordasse de uma vez e não fosse o próximo a levar um beliscão da pequena megera.

E foi justamente para responder à pergunta feita pela menina que Leonardo, que já naquela época sabia que uma imagem vale por mil palavras, fez um sinal para que os amigos o seguissem até o celeiro.

Quando entraram, Leonardo acendeu um lampião para clarear a escuridão. Às suas costas, Fernanda e Rafael o seguiam bem de perto, andando em fila indiana. Cruzaram o celeiro que, àquela hora adiantada da noite, estava maior e muito mais sinistro do que aparentara durante o dia.

Assim que chegou do outro lado da enorme construção, Leonardo parou e pendurou o lume num gancho preso à parede. Mesmo na obscuridade, que a pouca luz não conseguia debelar completamente, dava para reparar na infinidade de coisas estranhas que havia por ali, algumas enfileiradas em prateleiras e outras simplesmente empilhadas pelo chão. Rafael não resistiu ao assombramento e cochichou no ouvido de Fernanda:

– Que diabos é isso?

– Acho que é o "laboratório" dele... – respondeu a guria muito a contragosto, colocando em seguida o dedo indicador na frente dos lábios fechados para pedir silêncio.

– É aqui que faço meus estudos e experimentos. Brincadeiras de menino solitário, segundo meu tio Francesco – comentou Leonardo e, como se tivesse notado o estranhamento estampado na face de seus novos amigos, completou: – Agora, vocês também poderão me chamar de maluco.

– Pa... quem? – perguntou Rafael, que não estava entendendo nada.

– Rafa, cala essa boca... – sibilou a megerinha.

Havia tempos que Leonardo escolhera aquele recanto mais escondido do celeiro para montar seu laboratório. Era por ali que ele passava a maior parte de seu tempo livre, estudando e pesquisando sozinho, construindo e desconstruindo suas engenhocas. As prateleiras estavam abarrotadas de coisas pra lá de esquisitas; havia grandes e pequenas maquinetas para os mais diversos usos. Também havia maquetes de edifícios e miniaturas de barcos, todas esculpidas em madeira com esmero e perfeição.

Rex observava tudo atentamente, mas ficou hipnotizado por uma coleção de frascos de vidro de diferentes tamanhos que estavam enfileirados sobre a mesa de trabalho de Leonardo. Dentro de cada um deles havia um inseto mais nojento do que o outro, todos mergulhados numa solução turva e esverdeada. **O gato identificou algumas aranhas,** escorpiões, centopeias, mas existiam muitos outros que ele não sabia o que eram porque jamais tinha visto nada parecido na vida.

– **Percebo que, como eu, você também gosta de insetos, não?** – sussurrou Leonardo, bem ao pé de seu ouvido, fazendo Rex saltar para longe quase morto de susto.

Fernanda anotava mentalmente cada detalhe daquele lugar esquisito que mais **parecia cenário de filme de terror,** pensando com seus botões que havia mesmo algo muito estranho com aquele garoto.

Leonardo, ignorando o assombramento que seu estúdio causara em seus novos amigos, caminhou na direção de um enorme volume que estava encostado num canto e encoberto por um velho e desbotado cobertor cor de burro quando foge. **De repente, o garoto puxou o pano** com um só golpe, revelando aos olhos atônitos de sua diminuta plateia uma geringonça para lá de esquisita.

– Mas que raio de coisa é essa? – perguntou Rafael.

– Ao contrário, meu amigo, esta coisa é que irá nos encontrar um raio! – disse Leonardo, fazendo um bem-humorado trocadilho com a estranha linguagem do menino moderno.

Fernanda não estava entendendo nada, mas, como odiava ficar boiando em qualquer que fosse o assunto, começou a ficar nervosinha novamente.

– Quer fazer o favor de explicar pra que serve essa porcaria! – e apontou a tal engenhoca, num gesto de indisfarçável desdém.

"Agora sim, aí está nossa velha Fernanda de volta", pensou Rex, enquanto subia no ombro de Leonardo para poder apreciar melhor aquela "traquitana", como diria seu Padrinho, nos bons tempos do orfanato. A tal coisa era uma grande armação feita de madeira com uma porção de pequenas e grandes engrenagens de ferro, movidas por estreitas correias de couro que se cruzavam.

– Isso, minha cara Fernanda, é uma máquina para prever o tempo! – anunciou Leonardo, muito orgulhoso de sua criação.

– Tá brincando, né? – perguntou Rafael, absolutamente descrente.

– Como funciona? – disse Rex, cuja crença nas maravilhas mirabolantes aumentara muito nos últimos tempos.

O garoto deu meia-volta na geringonça até encontrar uma enorme manivela, que começou a girar vigorosamente, enquanto explicava:

– Bem, pra dizer a verdade, essa máquina serve apenas para medir a umidade do ar. Eu a construí para ajudar na lavoura, porque ela pode indicar como estará o tempo no dia da semeadura... – ele parou de falar repentinamente, mas completou em seguida, parecendo um tanto contrariado. – Porém, aqui na fazenda ela não tem tido muita utilidade...

As crianças se entreolharam; estavam embasbacadas. Entretanto, antes que pudessem dizer qualquer coisa, tiveram que correr atrás de Leonardo, que já estava empurrando sozinho a tal máquina para fora do celeiro.

– **Venham!** Ela trabalha melhor ao ar livre! – gritou, enquanto saía pela porta.

Boquiabertos, eles o seguiram para fora e observaram enquanto o garoto girava a manivela, cuja força motriz iniciava o funcionamento de todas aquelas pequenas e grandes engrenagens mecânicas, fazendo a geringonça roncar como louca.

– E aí, "Professor Pardal"?[9] Alguma boa notícia? – provocou a coisa ruim; na verdade, Fernanda estava tão ansiosa que não conseguia ficar calada enquanto esperava pelo diagnóstico do tempo.

Leonardo ignorou o gracejo e, sem abandonar a concentração, pôs-se a checar o comportamento da engenhoca. Rex estava particularmente intrigado com a inteligência do garoto. Começou a se perguntar que tipo de menino era aquele que se ocupava com a construção de coisas tão difíceis de compreender.

"Será que ele é normal?", pensava, inquieto.

---

[9] Professor Pardal: personagem dos quadrinhos Disney; inventor supercriativo que trabalhava para o Tio Patinhas.

Depois de mais algumas checagens e de novos ajustes na máquina, Leonardo coçou distraidamente a cabeça e anunciou:

— Sinto muito, amigos... A medição indica que o ar está muito seco. Teremos que aguardar a chegada de uma massa de ar frio e úmido... — e saiu andando, **cabisbaixo,** empurrando novamente sozinho a engenhoca de volta para seu refúgio no celeiro.

— Ah! Mas que grande novidade! Pra saber disso não precisamos de máquina nenhuma, basta olhar pra esse céu sem nenhuma nuvem! — resmungou Fernanda, recomeçando a andar em círculos, mais parecendo uma leoa enjaulada do que uma menina. — Não acredito que fiquei aqui, perdendo meu tempo com essas bobagens de garoto... — ruminou a mocinha, sem a menor compostura ou boa educação.

Rafael agradeceu aos céus que Leonardo não estivesse presente para ver o **ataque de fúria** daquela **menina mimada** e teve que sair andando rapidamente para acalmar a si próprio e deter a súbita vontade que sentia de lhe dar uns tapas.

Rex preferiu novamente se fingir de gato surdo-mudo, mas, como forma de protesto, acompanhou Rafael, que foi procurar pelo garoto inventor em seu refúgio do celeiro. Enquanto ambos se afastavam, ainda tiveram o desprazer de ouvir o último resmungo da doninha raivosa:

– *Podem ir... Antes ficar sozinha do que mal acompanhada.*

Assim que o viu, Rafael percebeu o abatimento que recaíra sobre Leonardo. Para alegrá-lo, comentou como era incrível que ele soubesse inventar coisas tão interessantes. Rex, que compartilhava da mesma opinião, foi se enroscar aos pés do garoto, em sinal de solidariedade.

Juntos, os dois garotos terminaram de cobrir a engenhoca e decidiram descansar por ali mesmo, ajeitando-se sobre os fardos de feno. Leonardo continuou calado, como se estivesse refletindo. Ele sempre ficava sem jeito quando alguém estranhava seus talentos e procurava não falar muito sobre isso; ele não gostava de ser diferente dos outros meninos de sua idade. Querendo descontrair um pouco o astral, Rex perguntou:

— Léo, quando foi que você percebeu que tinha jeito pra inventar coisas?

— Bem, penso que sou um pouco como o Padre Genaro, sabe... Gosto de entender como as coisas funcionam e, quase sempre quando penso nisso, me ocorrem ideias de como melhorá-las. Daí, construo alguma coisa. Nem sempre elas funcionam como deveriam, mas, como sou teimoso, continuo tentando... — um ligeiro sorriso de satisfação cruzou sua face de menino brejeiro. — Também gosto de fazer outras coisas: desenhar, pintar, esculpir miniaturas, dissecar insetos... Meu avô diz que, quando eu crescer, serei um grande pintor... Ainda não tenho certeza sobre o que farei no futuro...

— Isso me deu uma ótima ideia! — disse Rafael, pulando do assento como se suas pernas tivessem molas. — Precisamos levar uma lembrança do Léo para quando formos embora, não é, Rex?

Já que não temos uma máquina fotográfica à mão, você bem que podia fazer o nosso retrato! Que tal?

Leonardo pensou por um instante, depois concordou em fazer o desenho, mas com a condição de que os meninos descrevessem com detalhes as maravilhas daquele "admirável mundo novo" chamado futuro, começando por explicar o que era uma máquina fotográfica.

Enquanto **o menino prodígio desenhava** habilmente com um tosco lápis feito de carvão, Rafael falava sobre os milagres da era moderna: descrevia os automóveis, os aviões, os prédios gigantescos, também chamados de arranha-céus, que povoavam as cidades modernas; enfim, sobre tudo que existe agora, mas que ao tempo de Leonardo não passaria da mais alucinada ficção científica.

Depois de algum tempo, Leonardo contemplou o desenho e, dando-se por satisfeito com a obra, pousou o lápis e estendeu o trabalho para que os amigos apreciassem. **O assombramento foi inevitável;** decerto aquele era o desenho mais bonito e fiel à realidade que Rex e Rafael já tinham tido a oportunidade de apreciar.

– Seu avô está coberto de razão! Por Deus, você é um artista nato! – murmurou Rafael, tomando o desenho da mão do amigo e trazendo-o para perto do próprio nariz. – Olhe, Rex! Parece com a gente mesmo! Você ficou até bonitinho! – zombeteou.

– **Incrível...** – Rex fitava apalermado o belo desenho que o amigo fizera, sem o menor esforço; pensou por um instante e depois, tomando coragem, pediu timidamente: – **Léo, você tem outros desenhos pra gente ver?**

Surpreso, porém feliz com os elogios de seus amigos, Leonardo cruzou o celeiro em duas pernadas e voltou num minuto, trazendo nas mãos um grande envelope de couro, de onde foi retirando uma obra-prima após outra.

Eram em sua maioria **belíssimas paisagens de Anchiano;** desenhos magníficos do riacho que cortava a fazenda, das árvores do bosque, das trilhas das redondezas e da casa de pedra onde a família morava. Havia também muitos retratos, e eram tão realistas e belos que Rafael achou que eles mereciam estar cobrindo as paredes de algum famoso museu da Itália, em vez de ficarem escondidos das vistas do mundo naquele celeiro empoeirado.

– Vejam, este retrato pertence ao tio Francesco. Foi feito durante a colheita do ano passado, na festa em que os camponeses pisam as uvas para fazer o vinho... Decerto ele já estava meio bêbado, por isso traz na face essa expressão abobalhada! – e Leonardo sorria, enfileirando suas obras de arte com a mesma humildade com que um simples mortal mostraria as fotos tiradas nas férias.

– E essa moça tão linda... Quem é? – perguntou Rafael, pegando da pilha de desenhos um delicado retrato, no qual se via uma belíssima moça.

– É um antigo retrato. De minha mãe.

No mesmo instante, uma **sombra de tristeza cruzou seu rosto** e ele imediatamente começou a recolher seus desenhos, recolocando-os rapidamente no surrado envelope de couro envelhecido.

No exato momento em que Leonardo ia pegar o retrato das mãos de Rafael, Fernanda surgiu das sombras e, antes que alguém pudesse impedi-la, o apanhou; **a menina xereta estava escondida** por ali já havia algum tempo. Tinha sido atraída por sua imensa curiosidade e se escondera de propósito para poder ouvir a conversa dos meninos. Mesmo lamentando não poder ver os desenhos por causa da distância, ela se manteve escondida porque achou que assim ouviria um papo mil vezes mais interessante.

No entanto, quando ouviu Leonardo dizer a palavra "mãe", a peste não conseguiu conter a comichão de curiosidade que a consumia e saiu de supetão do seu esconderijo para atacar o indefeso garoto.

– Ah! Essa eu preciso ver... Puxa vida, ela é linda mesmo! Onde ela está? Vamos procurá-la agora mesmo, porque eu quero muito conhecê-la... – disse a praga, enquanto admirava o retrato feito num delicado traço a bico de pena.

– Impossível. Ela não mora conosco há muito tempo. Com sua licença... – respondeu Leonardo, tomando o desenho das mãos ávidas da garota para guardá-lo junto com os outros no grande envelope de couro. – Providenciarei suas acomodações. Agora que são nossos hóspedes oficiais, poderão dormir na casa grande – disse isso e saiu, levando consigo o envelope debaixo do braço. O rosto fechado e o passo acelerado indicavam o grande aborrecimento que sentia.

– Você tinha que aparecer pra estragar tudo, não é? Sua intrometida! Sua chata de galochas! Sua...

Rafael não percebeu, mas poderia passar a noite toda xingando a menina, porque ela não estava prestando a menor atenção ao que ele dizia. Sua cabeça estava a quilômetros de distância dali, raciocinando tão rápido que quase dava para ouvir os neurônios de seu cérebro batendo uns contra os outros, em sinapses enlouquecidas. De repente, ficou rígida e séria para anunciar:

– Atenção, pessoal! Reunião de emergência!

Mal ouviu esse aviso, Rafael imediatamente calou a boca, pegou Rex no colo e chegou tão perto de Nanda que seus narizes quase se tocaram. A amizade entre os dois era antiga o bastante para ter suas próprias regras e, quando um deles convocava uma "reunião de emergência", significava que o assunto era realmente urgente. Rafael sabia que nem mesmo "a peste" teria coragem de brincar com uma regra tão sagrada. Convocar uma reunião daquelas no meio de uma briga era um **fato inédito** naquela amizade de anos e merecia **atenção imediata**.

– Pode falar. Sou "todo ouvidos" – disse ele, irônico.

– Convoquei a reunião porque só agora percebi uma coisa muito importante! Não sei como não vi isso antes!

Os olhos muito verdes e brilhantes de Rex a fitavam em muda e submissa expectativa. Ele não estava entendendo nadinha de nada.

– Se você descobrisse isso, Rex, certamente faria uma de suas listas. Pois bem, acompanhem o meu raciocínio – ela fechou teatralmente uma das mãos e com a outra puxou o dedo indicador. – **Primeiro**: viemos parar no passado, na **antiga Itália** – e em seguida puxou outro dedo, indicando que pretendia usar quantos fossem necessários para assinalar cada novo aspecto de sua surpreendente teoria. – **Segundo**: fomos encontrados por um garoto muito esperto e corajoso. Talvez esperto demais para sua pouca idade, mas acho que, na ocasião, estávamos muito preocupados com a nossa própria pele para perceber isso...

Para melhor demonstrar sua preocupação, ela voltou a andar em círculos, para desespero de seus correligionários que aguardavam o desfecho de sua mirabolante descoberta.

– Terceiro: ele percorre a floresta, encontra sozinho o tal monge e desvenda o mistério que o levou para dentro do trem maluco – de repente, ela para com um solavanco e encara sua plateia. – Agora me digam se não é verdade: em qualquer situação, ele pensa e age com uma inteligência impressionante e, na maior parte do tempo, mais parece um adulto... Seu passatempo predileto é construir coisas e agora acabamos de descobrir que, além de tudo isso, ele é um artista genial...

– Sim, ele é demais, e daí? Aonde você quer chegar com essa conversa mole? – interrompeu Rafael, que com muito esforço tentava conter sua irritação. Por certo, ele ainda não havia desculpado o indelicado comportamento dela para com Leonardo.

– O que há de errado com vocês? Parecem duas toupeiras estrábicas! Não perceberam nada de estranho nessa história?

Leonardo mora em Anch-sei-lá-o-quê, que, como ele mesmo disse, fica pertinho da cidade de Vinci! Além disso, ele é genial! Logo, ele só pode ser a versão júnior de...

– Leonardo da Vinci... – murmurou Rafael, incrédulo.

– Isso, Rafa! Até que enfim! São coincidências demais para ser mero acaso. O nosso garoto Léo e aquele velhinho de barbinha branca que conhecemos dos livros são a mesma pessoa! O genial inventor, engenheiro, arquiteto, escultor e pintor, o magnífico Leonardo da Vinci! Nada mais, nada menos, do que o "Queridinho da Tia Maluca" nas aulas de História.

Rafael e Rex não conseguiam acreditar no que ouviam. Porém, como contra a lógica não há argumentos, preferiram permanecer em silêncio, apenas tentando imaginar como verdadeira aquela estonteante possibilidade.

Depois de um longo período em absoluto silêncio, chegaram à conclusão de que tinham ido parar no passado, justamente no período da história que conhecemos como "Renascimento", e dado de cara com o lendário Leonardo da Vinci em carne e osso no auge de seus dez anos de idade. Realmente, era uma situação fenomenal.

Como se pressentisse que falavam dele, Leonardo surgiu à porta do celeiro e estranhou o jeito esquisito com que os amigos o mediram, literalmente, da cabeça aos pés. Para disfarçar o mal-estar que se fez entre eles, Rex saltou de seu lugar para o chão, espreguiçou-se languidamente e, como quem não quer nada, perguntou:

– **Então, meu caro Léo, será que já podemos ir dormir? Estou quebrado e morrendo de sono...** – Leonardo deu um largo sorriso, imaginando a cara de seus avós se vissem aquele gato falante pedindo uma cama para dormir.

– Claro, pequenino! Quer fazer a gentileza de me acompanhar. Tu poderás dormir na minha cama. *Andiamo*,[10] Rafael! *Signorina* Fernanda...

– Hei, vocês dois, por que não vão indo na frente? Gostaria de fazer um pedido ao Leonardo... – disse a garota, melosa demais para soar como uma verdadei-

---

[10] *Andiamo*: "vamos andando", em italiano.

ra gentileza. Rafael e Rex se entreolharam, temerosos de que a amiga fizesse mais alguma bobagem.

– **Podem ir!** Prometo que vou me comportar... Aguardem lá fora, só um pouquinho, ok? – e foi tratando de empurrá-los porta afora. – Nós iremos em seguida, estaremos logo atrás de vocês...

Desconfiados e muito a contragosto, Rex e Rafael saíram, finalmente deixando o casal a sós. Em seguida, antes que a coragem a abandonasse, Nanda respirou fundo para dizer num rompante:

– **Queria pedir desculpas por minha grosseria,** melhor dizendo, grosserias, no plural... porque **fui indelicada por mais de uma vez** e você é sempre tão gentil com todo mundo. Os meninos **ficaram bravos comigo,** e com razão, porque você só está tentando nos ajudar e eu deveria agradecer em vez de ficar o tempo todo implicando com você... – enquanto falava sem parar, ela pensava em **como era difícil pedir desculpas a alguém;** em como teria sido muito mais fácil se ela tivesse controlado seu mau gênio desde o princípio, evitando ter que passar por aquele vexame.

– Eu pareço um burro empacado, uma toupeira mal-educada... – completou a menina. Leonardo balançou a cabeça de um lado para o outro, indicando que discordava da comparação. Porém, ele nada disse.

– Lá em casa, meu pai sempre me compara com algum bicho. Sabe, às vezes, ele diz que pareço uma macaca, porque não paro quieta, outras que me comporto como um rato xereta, porque sou curiosa demais. Acho que ele tem razão, sou mesmo uma toupeira destrambelhada...

Então, Fernanda se calou e sentou num fardo de feno. Ficou de costas para Leonardo para impedir que ele visse seus enormes olhos negros, agora, rasos d'água.

A verdade é que nunca em toda sua curta vida ela se sentira tão desprotegida, tão frágil. De repente percebeu que sentia saudade de seu amado lar, da proteção e carinho dos pais e até mesmo da rechonchuda Mariana Pastel. Foi quando sentiu uma mão afagando seus cabelos lisos e uma paz imensa invadiu seu coração, porque aquele gesto simples indicava que suas desculpas tinham sido aceitas. Um novo ânimo a invadiu e, dessa vez, havia um brilho feliz em seu olhar quando ela disse:

– Não vá pensar que eu sou folgada, mas será que você atenderia a um pedido meu? – novamente, Leonardo respondeu somente com o balanço da própria cabeça, num gesto que certamente corresponderia a um "sim".

– Faz o meu retrato? – perguntou, toda meiga. Só que dessa vez parecia meiga de verdade.

Leonardo sorriu seu mais belo sorriso. Em resposta tratou de pegar lápis e papel, colocando mãos à obra. Meia hora mais tarde, estendeu a Fernanda um belíssimo retrato dela mesma, vestida como uma autêntica donzela renascentista. Seus olhos novamente ficaram turvos, cheios de lágrimas emocionadas.

– Espero que não te importes, mas tomei a liberdade de retratá-la usando trajes mais apropriados a uma *signorina* – disse ele, todo galante.

Fernanda ficou muda de satisfação ao fitar o retrato e custou a acreditar que aquela beldade fosse ela própria; porém, a semelhança era perfeita e não deixava a menor sombra de dúvida.

Espevitada como sempre, Fernanda pulou de seu assento, deu um beijo estalado no rosto do garoto e saiu quase a galope porta afora, toda orgulhosa e louca de vontade de mostrar o belo desenho para quem quisesse ver.

Assim que encontrou os amigos, sacudiu o retrato no ar, como se ele fosse um troféu, e cochichou no ouvido de Rafael:

— **Olhe, Rafa! Agora já tenho minha própria "Gioconda"!** — referindo-se ao nome do famoso retrato da dama misteriosa, mais conhecida por Mona Lisa, que Leonardo da Vinci pintaria somente dali a muitos anos, quando fosse um artista consagrado por toda a Itália.

Sem pestanejar, o menino respondeu ao gracejo:

— **De jeito nenhum!** Esse daí é no máximo uma "Nandaconda" — e deu uma bela gargalhada, porque o trocadilho que fizera não se referia ao apelido "Nanda" que usava para a amiga, mas ao **nome da cobra gigante,** também conhecida por "anaconda" ou "sucuri", que vive nas selvas da Floresta Amazônica. Se Fernanda pudesse ler pensamentos, a essa altura, ele estaria coberto por calombos e hematomas. E, enquanto eles conversavam e trocavam gracejos, tio Francesco saiu à porta da grande casa de pedra e avisou que já estava mais do que na hora de todos irem dormir:

— Vamos pra cama, que amanhã é um outro *giorno*![11]

Uma vez instalada em sua cama no quarto de hóspedes e prestes a adormecer, Fernanda pensou em como era grande a sua sorte. Isso porque, apesar de estar perdida naquela aventura sem pé nem cabeça, podia contar com a presença de pessoas tão maravilhosas como Leonardo e sua família.

Silenciosamente, rezou o Pai-Nosso como fazia todas as noites na companhia de Mamãe Pastel, quando estava em casa e, pedindo a proteção de seu anjo da guarda, mergulhou num sono sem sonhos.

---

[11] *Giorno*: "dia", em italiano.

AVENTURA EM FLORENÇA

Mal o galo silvestre começou a cantar ao longe, nas primeiras horas da manhã, Leonardo saiu de casa, caminhando com muita pressa na direção do estábulo. Enquanto todos ainda dormiam, ele tratou de ordenhar a vaca malhada e providenciar o leite para o café da manhã de seus convidados.

Quando voltou, encontrou o pessoal reunido ao redor da enorme mesa de madeira da cozinha, conversando animadamente em grande algazarra. Com exceção de Fernanda, claro, que morta de sono ainda dormitava com a cabeça pendendo perigosamente sobre a caneca cheia de café fumegante.

Novamente, o capitão de todas as conversas era tio Francesco, que, para não perder o costume, continuava falando sem parar, numa animação de fazer inveja a muito apresentador de televisão. **Leonardo aproveitou uma pequena pausa,** em que o tio teve de parar de falar para engolir uma porção do seu sanduíche de queijo com salame, para poder fazer a pergunta que o estava matando de ansiedade.

– Tio Francesco, é hoje o dia em que iremos a Vinci?

– Não, meu *bambino*.[12] Hoje iremos um pouco mais longe... Até Florença... – e pontuou a frase com um sonoro arroto.

Então, o avô Antônio, que normalmente era o membro mais calado daquela família, pigarreou, indicando que pretendia dizer alguma coisa importante.

– Deves acompanhar teu tio a Florença, Leonardo. Como sabes, seu pai é amigo do famoso artista florentino Andréa Del Verrocchio. É nosso desejo

---

[12] *Bambino*: "menino", em italiano.

que tu conheças a *bottega*[13] em que ele trabalha e ensina. E leva contigo seus melhores trabalhos, pois quero que o artista os veja e avalie. Quem sabe ele não será teu mestre nas artes da pintura? Se ele gostar do teu trabalho, pode ser que te aceite como aprendiz no ofício de pintor... – e após uma pequena pausa completou: – Ou preferes ficar aqui mesmo, eternamente ocupado em arar os campos, colheita após colheita, como um burro chucro?

Na verdade, apesar do tom de interrogação ao final da frase, aquela sentença não havia sido propriamente uma pergunta. Leonardo conhecia as intenções do avô e sabia que sua maior ambição era justamente a de encontrar para o neto um destino melhor que o de fazendeiro. Leonardo amava a fazenda e a vida no campo, mas só de pensar em Florença e em conhecer o grande Verrocchio, seu coração ameaçava saltar pela boca. Levantou da mesa de um pulo e foi correndo buscar o surrado envelope de couro em que guardava com cuidado seus melhores trabalhos.

---

[13] *Bottega*: "escola de pintura", em italiano.

Fernanda, Rafael e Rex trocaram olhares significativos. Assim que Leonardo os deixou, o pânico começou a rondá-los novamente, como se fosse uma fera encurralada, pronta a fugir da jaula. Tinham reparado que não havia uma única nuvem no céu, mas mesmo que houvesse uma verdadeira tempestade a caminho, ainda assim contavam com a ajuda de Leonardo para atrair o raio que os mandaria de volta para casa.

Então, todos ao mesmo tempo e sem dizer uma única palavra imaginaram que um passeio pelo campo naquele belo dia de verão viria bem a calhar. A verdade é que não podiam sequer imaginar ficar perdidos naquele passado remoto sem ter a formidável presença de Leonardo por perto. Rafael olhou em volta e, sentindo-se encorajado pelos olhares aflitos de seus amigos, tomou coragem e fez a fatídica pergunta ao fazendeiro italiano:

– Mas, tio Francesco, e a gente? Será que podemos ir com vocês? Nós ainda não conhecemos Florença – disse ele, ao que mais duas cabecinhas balançaram praticamente juntas, várias vezes para lá e para cá, dando a entender que ninguém ali conhecia.

– Veja, a viagem é um pouco longa e bastante cansativa... Mas também é verdade que, na estrada, quanto mais companhia houver, melhor é o passeio... – e fez uma pequena pausa para palitar os dentes com uma haste de palha, antes de se decidir completamente. – Tudo bem, podem vir conosco. Mas aviso de antemão que terão de me obedecer, porque sou o capitão desse barco! Do contrário, o rebelde há de andar na prancha! – e percebendo que ninguém havia entendido o gracejo, decidiu ser mais claro. – Terão que jurar obediência a minha pessoa ou serei obrigado a relatar qualquer malcriação ao Padre Genaro, quando voltarmos. E saibam que ele é boa gente, porém, sabe ser bastante severo quando fica zangado...

As crianças deram um berro de contentamento e terminaram de tomar o café num segundo, loucas de vontade de que o passeio começasse logo.

Num instante estavam todos prontos para pegar a estrada. Fernanda seguiu na frente da carroça, sentada ao lado de tio Francesco, enquanto Leonardo, Rafael e Rex foram chacoalhando animadamente na parte de trás. **Acenaram alegremente** para os avós de Leonardo, Seu Antônio e Dona Lúcia, que ficaram parados na soleira da porta dando adeusinhos até que suas silhuetas sumissem numa curva do caminho.

Rex estava encantado com a paisagem e, principalmente, com a enorme variedade de espécies de passarinhos que avistava de quando em quando. Pensou, com uma **pontinha de remorso**, nas ocasiões em que havia aterrorizado a vida dos bichinhos emplumados que tiveram o **azar de cruzar** o seu caminho. Agradeceu a Deus, porque nunca havia lanchado nenhuma daquelas belezinhas. Fez a si mesmo a **solene promessa** de que, caso voltasse para casa, deixaria em paz todos os emplumadinhos que pousassem no seu quartel-general no *flamboyant* da casa amarela.

Foi inspirado por esse estranho "espírito ornitológico"[14] vindo do passado, que Rex perguntou a Leonardo:

– Léo, qual o nome daquele passarinho meio roxo, lá no alto daquela árvore...

---

[14] Ornitológico: relativo à ornitologia, que é o estudo dos pássaros.

— Aquele é um rouxinol — respondeu ele, satisfeito com o interesse de seu novo amigo. Leonardo amava os animais, especialmente os pássaros, dos quais invejava a capacidade de voar.

Abusando da boa vontade de Leonardo, o gatinho decidiu incluir em sua pesquisa qualquer coisa que desconhecesse. O menino sacou o bloco de desenho de seu gibão e a cada nova pergunta tratava de desenhar com uma rapidez extraordinária as flores, animais e plantas que os meninos apontavam à beira da estrada.

Ao longo de toda a viagem, os meninos se ocuparam com essa instrutiva brincadeira, enquanto a coitada da Fernanda tinha que se contentar em ouvir o palavrório de seu acompanhante italiano. Por várias vezes, tentou participar da conversa dos meninos, mas rapidamente descobriu que ficava enjoada quando tentava viajar olhando para trás.

Achou melhor se conformar com a situação e já ensaiava um jeito de dormir com os olhos abertos, para fingir que prestava atenção à história sem fim que o tio Francesco contava, quando teve a **brilhante ideia** de fazê-lo falar sobre algo que fosse do seu próprio interesse.

– Tio Francesco, por que a mãe do Leonardo não mora na fazenda, junto com vocês? – interrompeu, perguntando à queima-roupa e indo diretamente ao assunto que vinha instigando sua curiosidade de rata enxerida.

– Isso, *cara mia*, **é uma longa história...** – respondeu tio Francesco, tentando ganhar tempo, enquanto pensava com seus botões se devia ou não debater aquele assunto com uma senhorita tão pequena. Certamente ele **ficaria com a consciência mais tranquila** se soubesse que a menina era a maior noveleira da paróquia, que adorava um romance água com açúcar e que o melodrama não era nenhuma novidade para ela.

Apesar de suas louváveis considerações **éticas**, Francesco jamais resistiria ao desejo de premiar sua plateia com um bom espetáculo. Sua **veia artística** falava mais alto que seu desejo de educar as crianças. Logo, ele não conseguiu controlar a vontade de dar seu pequeno show e decidiu narrar com detalhes o novelão familiar.

Começou a história do princípio.

"Nossa família pertence a uma antiga linhagem de camponeses e reside há muito tempo nestas paragens. Nesse tempo criou-se a **tradição**, seguida há três gerações, de que o primogênito[15] deveria formar-se tabelião.[16]

Desde essa época, cada novo tabelião da família recebeu o direito de usar o título honorário *Ser*, colocado à frente do próprio nome, acrescido, é claro, do nome da vila em que moramos. **O primeiro tabelião** da família foi o honrado Ser Michele de Vinci, o tataravô de Leonardo. Essa tradição profissional

---

[15] Primogênito: o primeiro filho nascido na família.

[16] Tabelião: espécie de advogado, especialista em leis, que tradicionalmente trabalhava para a nobreza florentina.

somente foi quebrada por meu pai, Antônio da Vinci, que preferiu ser fazendeiro, em vez de tabelião."

– Acho que sou mais parecido com ele. Jamais poderia viver na cidade, com o **nariz metido** numa pilha de documentos **empoeirados,** a fazer contas eternas, cuidando dos **caprichos dos nobres** – confidenciou em tom enfático.

"Foi Piero, meu irmão mais velho, quem decidiu estudar advocacia em Florença para retomar a tradição familiar e voltar a **ostentar o título.** Ele sempre foi muito ambicioso e pretendia **conquistar poder e riqueza.** Ele sonhava alto e acalentava o sonho secreto de entrar para a nobreza florentina pelas portas de um casamento arranjado com uma moça nobre.

Logo depois de sua formatura, durante uma breve visita que fez à fazenda, *Ser Piero da Vinci* se apaixonou por Caterina, conhecida como 'a bela'.

Acontece que, desde o início, esse romance estava **condenado ao fracasso.** Caterina, apesar de belíssima, era apenas uma humilde camponesa, que sem qualquer estudo ou refinamento jamais poderia ser a esposa sonhada por um alto funcionário do governo.

Apesar desse detalhe, eles formavam um lindo casal enamorado e viviam arrulhando por estes campos, como dois pombinhos apaixonados. Namoraram sem compromisso, até que Caterina ficou grávida de Leonardo. Mesmo diante dessa nova responsabilidade, Piero não quis casar-se com a pobre moça. Para nosso pai, justificou-se afirmando que não podia casar com Caterina porque estava comprometido com uma certa donzela, filha de um nobre riquíssimo de Florença. Na verdade, eles estavam noivos há meses, porém Caterina não sabia.

A pobrezinha ficou desconsolada, mas não havia nada que pudesse fazer. Piero empenhara a honra da família quando se comprometera naquele casamento nobre e não poderia desistir do compromisso sem desonrar a todos.

Assim, Piero abandonou Caterina e o pequeno Leonardo aos nossos cuidados. Voltou para Florença e, pouco tempo depois, casou-se numa magnífica cerimônia, cheia de pompa e circunstância, com a filha do tal nobre florentino.

Dessa forma, meu pai, que sempre foi um homem prático, decidiu que precisava cuidar do futuro de Caterina. Tratou de contratar-lhe casamento com um certo camponês que concordou em casar-se rapidamente, e sem fazer muitas perguntas, em troca de um pedaço de terra. Logo, Caterina também estava casada e morando num vilarejo próximo daqui. Passaram-se dez anos e, a essa altura, Leonardo já tem uma porção de meios-irmãos, com os quais se encontra vez ou outra quando vai às festas da igreja."

– Quer dizer que cada um deles foi para um lado e formou uma nova família, sendo que o pequeno Leonardo não foi incluído em nenhuma delas? – perguntou Fernanda, que ficou tão horrorizada com a história que achou que não tivesse entendido direito.

– Em absoluto, pequenina! – respondeu ele, erguendo a voz sem perceber. – Ele pertence à "Família Da Vinci". Ele é nosso tesouro mais precioso...

Percebendo que aquele volume extra certamente chamaria a atenção dos meninos, Francesco baixou a voz para um quase sussurro, antes de continuar.

– Agora, Leonardo encontra a mãe muito raramente. Ele não diz nada, **nunca reclama,** mas imagino como deve ser difícil vê-la rodeada por seus meios-irmãos, de braço dado com o tal marido... Ele **fica muito triste** depois desses encontros – e, tomando um grande gole de ar, continuou: – E isso ainda não é o pior...

– **Não?** – sussurrou Fernanda de volta, tentando imaginar o que poderia ser pior.

– Nosso pequeno Leonardo também há de enfrentar problemas no futuro. A lei italiana é bastante clara. Diz que os **filhos não reconhecidos** pelo sacramento do matrimônio não poderão frequentar a universidade, tampouco herdar o título profissional da família. Quando renegou Caterina, Piero acabou renegando o próprio filho – e sua voz transbordava de tristeza. – Leonardo será **proibido por lei** de herdar o título de seu pai. E mesmo sendo inteligente como é, jamais poderá ocupar uma cadeira na universidade. Terá que se contentar em ser fazendeiro como eu ou, na melhor das hipóteses, estudar o ofício das artes. Quem sabe ele venha a ser um artista reconhecido? **Talento para isso ele tem de sobra.**

Pela primeira vez, em muito tempo, Fernanda ficou muda. Agora, ela compreendia a perpétua sombra de tristeza que assombrava a face de Leonardo. Pobre amigo. Inconformada, pensava: "Como é possível que haja leis tão injustas como essa?". Sentiu que seus olhos negros estavam gordos de lágrimas de pesar pela incerteza que rondava o futuro do amigo. Disse:

– Agora entendo por que vovô Antônio faz tanta questão de que ele estude pintura...

– É o único modo de lhe proporcionar algum tipo de estudo formal. Mas também porque se vê que ele tem muito talento. **Leonardo é especial.** Seria uma pena não aproveitar um dom tão bonito, dado por Deus... Não concorda?

Sim. **Ela concordava.** Aliás, tinha a mais absoluta certeza de que ele seria um grande artista, entre tantas outras coisas. Leonardo poderia ser o que bem entendesse e não havia de ser um "bando de cretinos preconceituosos" que lhe diriam o contrário!

– **Satisfeita com essa história?** – e antes mesmo que ela pudesse responder, emendou: – Ótimo! **Porque tenho outras,** muito melhores que esta. Contarei sobre a viagem que fiz a Nápoles quando era apenas um brotinho de gente como você, viajando praticamente sozinho...

Enquanto Francesco prosseguia, emendando sem parar uma história na outra, a moleca pensava na vida. Ela fitava o nada, indiferente às belas paisagens campestres que desfilavam bem diante de seus olhos. Entregue a seus pensamentos, estava momentaneamente cega, mesmo para a estonteante beleza da Itália renascentista.

***

A viagem varou o dia sem que ninguém notasse. Quando perceberam, o sol incandescente mergulhava preguiçoso no horizonte, indicando que encerrava mais um expediente.

Francesco conhecia aquela estrada como a palma de sua mão cheia de calos e escolheu um determinado trecho, onde havia uma clareira na floresta, para montar o pequeno acampamento em que eles passariam a noite.

Leonardo e Rafael ficaram encarregados de reunir gravetos para acender a fogueira, enquanto o tio montava uma improvisada barraca de campanha, usando uma lona amarrada à carroça. Fernanda azucrinava a todos com seus palpites mirabolantes e ordens que ninguém ouvia, enquanto Rex, que por causa do tio estava bancando o gatinho mudo, aproveitava para inspecionar os arredores em busca de novidades.

Como estavam **todos muito cansados**, decidiram dormir cedo. Fizeram um lanche com todas as delícias que a zelosa avó Lúcia colocara na cesta e já se preparavam para dormir, quando um **uivo tenebroso** cortou o silêncio da noite que caía. Rex correu imediatamente para o **colo de Rafael**, agarrou o amigo e assim permaneceram, tremendo de medo. Fernanda e Leonardo ficaram instantaneamente **apavorados com aquele som** pavoroso que anunciava encrenca da grossa. Nanda encontrou a língua somente para perguntar:

– O que é isso? Parece um...

– **Lobo...** – completou Leonardo, também alarmado.

Francesco levantou-se de um salto e, com apenas dois passos, alcançou a fogueira onde ainda ardiam as **brasas do fogo** que ele mesmo acendera para cozinhar o jantar. Pegou uma grande acha de lenha com a ponta incandescente e saltou à frente da garotada. Atento, com os nervos à flor da pele e todos os cinco sentidos em alerta, escutou e esperou, rezando para que nenhum lobo ousasse invadir o acampamento.

No entanto, contrariando suas piores expectativas, os uivos começaram a soar cada vez mais próximos; era um som tenebroso, capaz de fazer o sangue gelar nas veias de puro medo. Francesco pensou: "Lobos famintos não são boa companhia para ninguém, muito menos para quem tem crianças indefesas por perto", e manteve a guarda, em silêncio absoluto.

De repente, saído da escuridão da noite, o lobo saltou bem à frente do pequeno grupo. Era enorme e sua pelagem cinza rebrilhava ao luar, que também iluminava sua bocarra faminta, que se arreganhava deixando à mostra dentes afiados como lâminas. A passos lentos, porém decididos, ele se aproximava do pequeno grupo. Seu olhar mortífero dizia que estava morto de fome e, agora que finalmente encontrara algo para jantar, nada no mundo o faria desistir do repasto.

Arreganhando furiosamente os enormes caninos e **salivando sem parar,** ele avançou, pronto para a luta.

Nesse minuto, Francesco murmurou aos companheiros, entredentes:

— Ao meu comando, avançaremos para a barraca. **Mantenham-se juntos** e, haja o que houver, fiquem bem atrás de mim. **Serei o escudo de vocês!**

Leonardo e Rafael abraçaram-se a Fernanda, que muito a contragosto permaneceu espremida entre os dois meninos, segurando o apavorado Rex contra o peito num abraço apertado de tamanduá medroso. Estavam nessa formação de legionários romanos preparados para a luta, com o valoroso Francesco lhes servindo de escudo humano, quando ele gritou sua última ordem a plenos pulmões:

— *AVANÇAR!*

O lobo foi **surpreendido pelo grito** e pela estratégia militar usada pelo tio; e naquele instante em que o gigantesco **animal vacilou** no desfecho de seu **ataque,** o grupo correu até a barraca, que estava à distância de apenas alguns passos dali. A fera, enfurecida com a esperteza do inimigo, **preparou-se para uma nova investida**, dessa vez, mirando seu ataque apenas contra Francesco. Fixou nele os olhos raivosos e vermelhos como brasas, enquanto o tio se posicionava corajosamente à entrada da barraca.

Rosnando e babando furiosamente, o pavoroso animal deu um salto e **caiu em cima do italiano**. Francesco, apesar de também ser muito forte, cambaleou perigosamente para trás, sentindo o impacto do peso da fera sobre o peito. **As crianças gritaram assustadas** e deram um passo atrás dentro do esconderijo improvisado. Enquanto isso, o homem **lutava bravamente** com o lobo, **rugindo e roncando** para intimidá-lo, como se ele próprio fosse um animal defendendo com a própria vida a segurança de sua prole.

Mas, ao final da luta, seria o engenho humano quem decidiria qual dos dois adversários sairia **vencedor daquela batalha**. Francesco, apesar do intenso corpo a corpo com a fera, conseguiu manter a ponta da acha de madeira em brasa bem presa em sua mão fechada; na primeira oportunidade que teve, converteu-a em arma improvisada, espetando-a em cheio na bocarra da fera que tentava abocanhá-lo a todo custo. Quase enlouquecido de dor e ganindo muito, o lobo fugiu de volta para a floresta. Lugar de onde, aliás, ele nunca deveria ter saído.

– Ei-Ei-Ei! Tio Francesco é nosso rei – cantavam Fernanda e Rafael, dançando freneticamente à volta do italiano, como se fossem guerreiros ianomâmis[17] comemorando mais uma vitória na guerra; Leonardo apenas observava, conservando um olhar confuso, enquanto Rex sorria, condescendente com aquele ataque de criancice.

Francesco ficou com o corpo coberto de arranhões e envergava as marcas da dura batalha que travara com seu valente inimigo como se fossem verdadeiros troféus de guerra. No entanto, apesar do cansaço que sentia, estava imensamente feliz. Em silêncio, fez uma ligeira prece de agradecimento a Deus e à Virgem Maria por lhe ajudarem a proteger sua pequena legião daquela temível criatura.

---

[17] Ianomâmis: tribo indígena da Amazônia.

Então, com a paciência de um autêntico fazendeiro, ele avivou o fogo com a lenha que restava, colocou cada uma das crianças em suas camas improvisadas e postou-se como se fosse um enorme mastim napolitano à porta da barraca, decidido a passar a noite ao relento, em vigília. Jurou a si mesmo que, se algum outro animal perigoso resolvesse aparecer, ele não seria pego de surpresa.

Na manhã seguinte, com o raiar da aurora, o pequeno grupo levantou acampamento para seguir viagem, apressados que estavam em sair daquele perigoso trecho da estrada.

Logo, porém, o clima de tensão e medo se desanuviou. Passadas umas poucas léguas, cruzaram com uma caravana de patrícios que também seguiam para Florença. Então, finalmente puderam relaxar, sentindo-se mais tranquilos na companhia de outros viajantes. Francesco sabia por experiência própria que viajar num grupo maior era sempre mais seguro, além da vantagem adicional de que haveria público certo para ouvir sua nova história em cartaz: "O embate com o lobo selvagem".

As horas passavam rápidas com tantas novidades e as coisas haviam melhorado para Fernanda, pois o tio encontrara na caravana um velho amigo, sempre disposto a ouvir as histórias de pescador de Francesco. Logo, já que o tio encontrara uma nova vítima, ela se sentiu liberada para viajar na parte de trás da carroça, desfrutando da alegre companhia dos meninos.

Porém, mal Fernanda tomou assento em seu lugar improvisado, já começou com uma conversinha mole:

— Sabe, Léo, tive muito tempo para pensar ultimamente e acho que encontrei a solução para pelo menos um dos nossos problemas...

O garoto fitou-a de soslaio, levantou uma das sobrancelhas e esperou que ela continuasse com o papo-furado. Já Rex, com a desculpa de que queria ouvir melhor a conversa, saltou para o colo de Leonardo, aproveitando para ronronar de satisfação enquanto ele coçava seu cangote.

— Estive tentando me lembrar das aulas de ciências que tivemos na escola. Lembrei de uma pesquisa que fizemos sobre um famoso cientista e inventor americano chamado Benjamin Franklin. Ele descobriu muitas coisas importantes, inclusive como atrair uma descarga elétrica ou, melhor dizendo, um raio. E, se não me falha a memória, foi ele quem inventou o para-raios! Você se lembra disso, Rafael?

O menino desfrutava do balanço hipnótico da carroça e assim, embalado como um bebê, tentava a todo custo manter os olhos abertos, brigando com o sono. Ao ouvir seu nome ele sacudiu a cabeça com toda a força, tentando clarear as ideias para responder alguma coisa.

— É... Eu acho que era isso sim, — mas, na verdade, ele não tinha muita certeza sobre o assunto que estava em discussão. Foi quando uma imagem cruzou sua mente num *flash* de lucidez e ele, afinal, despertou o suficiente para se lembrar.

– Acho que me lembro desse trabalho. Pedimos ajuda para a tia Malu, não foi? Ela contou aquela história sobre um inventor maluco que gostava de empinar papagaio durante as tempestades. Ele pendurou uma chave de metal no papagaio, não foi? E conseguiu atrair um raio, mas por pouco não foi eletrocutado também...

Leonardo, que não estava entendendo nada, fez cara de paisagem italiana. Papagaio? Como alguém poderia controlar o voo de uma ave? Ele nunca ouvira falar de pássaros que atraíssem raios, mas desconfiava que o mundo moderno fosse um verdadeiro oceano de novidades, recheado de gigantescos absurdos.

– Isso! Lembrei: Franklin queria provar que a eletricidade presente na atmosfera terrestre era atraída para a Terra na forma de raios! Essa teoria explicava por que as árvores eram destruídas pelos raios durante as tempestades – explicou a marota.

– Ele concluiu que se os raios, sendo raivosas descargas de energia elétrica criadas pela natureza, eram insuportavelmente atraídos pelas árvores, então deveria haver um jeito de também atraí-los por meios artificiais...

– Que maluquice... – balbuciou Leonardo, absolutamente apalermado.

– Você ainda não viu nada! Ele estava tão certo que sua teoria era correta que decidiu prová-la atraindo um raio para si, como se ele próprio fosse uma árvore. Daí, ele construiu um grande papagaio, amarrando nele uma chave, que, como todos sabem, é feita de metal. Ele achava que o metal da chave seria capaz de atrair o raio com a mesma competência que uma árvore. Depois, foi só esperar que houvesse uma bela tempestade elétrica para ele sair a campo e realizar sua experiência. Ele colocou a pipa no ar e ficou empinando até que... ZAZ! – a peste bateu palmas, quase matando os meninos de susto. – Um raio enorme foi atraído para a pipa, que foi eletrocutada e pegou fogo!

– O cientista pegou fogo? – perguntou Leonardo, aflito e confuso ao mesmo tempo.

– Santa Toupeira Atômica! Não! Foi a pipa que pegou fogo e, com isso, comprovou a teoria de Benjamin Franklin de que o raio era uma descarga elétrica que poderia ser conduzida para algum lugar!

– Ahhh... Acho que entendi... – murmurou o garoto, perplexo.

– Disso para a invenção do para-raios foi um passo. A partir daí, as construções começaram a ter esses dispositivos que atraem e dissipam a energia contida nos raios, impedindo que eles caiam sobre lugares não desejados, causando incêndios e outras tragédias. Então, que me diz?

– Muito engenhoso. Admirável a perspicácia desse alquimista, quero dizer, desse cientista! – aplaudiu Léo, satisfeito.

– Não é isso... – interrompeu Rafael, antes que ela desse uns sopapos no próprio Leonardo da Vinci. – Ela quer dizer: o que você acha de repetirmos a experiência de Benjamin Franklin? Podemos construir uma pipa, amarrar uma chave nela e empiná-la sob a tempestade para atrair um raio que seja poderoso o bastante para abrir o portal do tempo e nos mandar de volta para casa...

Novamente, Leonardo estava confuso. Primeiro falaram em guiar um pássaro pelo céu, agora, trocavam por essa coisa desconhecida chamada "pipa". Seria alguma outra espécie de ave? Ele não estava entendendo mais nada.

– Sabeis como encontrar esse "papagaio"? – perguntou Leonardo, timidamente.

Fernanda tapou o rosto com as mãos, tentando manter a calma para lembrar "*com quem*" estava falando. Foi para salvá-la de uma nova demonstração da mais absoluta falta de educação, que Rafael começou a acenar alucinadamente, indicando que ele sabia.

O pobre Rex, que também nunca frequentara a escola, era o único que entendia perfeitamente como Leonardo se sentia com aquela enxurrada de novas informações: uma verdadeira toupeira analfabeta. Tratou de anotar em sua agenda mental: "Não se esquecer de pedir aulas particulares de ciências a Rafael". Para Fernanda ele não pediria jamais. Descontadas as humilhações a que seria submetido, ainda por cima haveria o perigo de levar uns tabefes quando não soubesse a resposta certa.

Fernanda e Rafael combinaram que, assim que fosse possível, tratariam de fazer a tal pipa; então, quando o tempo finalmente mudasse, eles tentariam atrair um belo raio com ela. Quais as chances disso dar certo? Bem, isso já era uma outra história.

O sol poente pintava de dourado o horizonte da Toscana, quando a caravana avistou ao longe a cidade de Florença. Foi uma visão tão rara quanto inesquecível para nossos pequenos viajantes, acostumados ao panorama do mundo contemporâneo, e Nanda soube que enquanto vivesse jamais a esqueceria.

– O que é aquilo brilhando no horizonte? – perguntou, apontando para um gigantesco edifício cuja imensa cúpula arredondada destacava-se majestosamente da paisagem.

– É o *Duomo*! Essa belíssima cúpula pertence à Catedral de Santa Maria Del Fiore – informou Leonardo, satisfeito de também poder fornecer novas informações.

Foi assim durante todo o percurso pelas ruelas estreitas da antiga cidade da Renascença, uma sucessiva confusão de perguntas e esclarecimentos sem-fim. Quando finalmente eles chegaram à porta da Bottega de Verrocchio, Leonardo estava cansado de falar e apontar; portara-se como um daqueles garotos que pajeiam gringos, para lá e para cá, pelas ruas da Cidade Maravilhosa.[18]

Nessa época Florença era uma cidade fervilhante e progressista. Era a representação viva do autêntico entusiasmo que tomou conta das pessoas durante o período do Renascimento. Havia toda uma nova sociedade composta por governantes cultos, ricos comerciantes e talentosos artistas, empenhados no sonho de construir a cidade mais moderna e luxuosa de toda a Itália. Era como viver no centro do mundo: o lugar onde as coisas acontecem. Se havia um lugar ideal para um artista escolher viver e trabalhar no século XV, certamente esse lugar era Florença.

Na *bottega*, o próprio Verrocchio veio recebê-los e fez todas as honras da casa, com certeza em respeito a sua longa amizade com Ser Piero. Leonardo não cabia em si de contentamento, fascinado com tantas novidades. Já para Fernanda e Rafael as impressões foram bem menos entusiasmadas.

---

[18] Cidade Maravilhosa é o apelido pelo qual a bela cidade do Rio de Janeiro é conhecida no Brasil e no mundo.

A *bottega* era uma construção bastante simples de dois andares. No andar térreo ficava o estúdio onde os artistas trabalhavam e que também servia de loja; no andar de cima estavam as acomodações do mestre e de seus discípulos.

Fernanda tentou imaginar que tipo de vida Leonardo poderia levar naquele lugar bagunçado, tumultuado e até mesmo sujo, e não gostou nem um pouco do que viu. Teve certeza de que Mamãe Pastel jamais aprovaria as condições insalubres daquele lugar e que seu pai certamente o definiria como "espelunca".

Acalmou a si mesma, pensando que aquilo era apenas uma visita e que, quem sabe com um pouco de sorte, o Mestre Verrocchio nem mesmo gostasse dos desenhos de Leonardo. Porém, a desvantagem de conhecer o futuro é justamente essa: Fernanda sabia de fonte segura, a qual eram as aulas de história da Tia Maluca, que aquele seria o cenário do futuro próximo do amigo Léo e não ficou nem um pouco satisfeita com isso.

No entanto, enquanto ela circulava pelo estúdio passando o dedinho nos móveis empoeirados e fazendo indisfarçáveis caretas de nojo e aflição, Leonardo se deslumbrava com as paletas de mil cores empunhadas pelos artistas e ficava imaginando para si mesmo um futuro de glória e reconhecimento. Rafael e Rex vasculhavam os cantos da oficina à procura de alguma inocente "lembrancinha do passado" que pudessem levar para casa. Acharam somente o cadáver de um camundongo em adiantado estado de decomposição e desistiram da empreitada.

Logo, um assistente do Mestre anunciou que a donzela não poderia passar a noite com eles, pois aquela era uma casa exclusiva para homens. Ela teria de seguir para a igreja e passar a noite em companhia das freiras no convento próximo.

– Tá maluco? Nem pensar! Não saio daqui nem morta! – reclamou a moleca, de mãos na cintura e se preparando para fazer um verdadeiro banzé, quando Leonardo sussurrou em seu ouvido:

– O convento fica na Catedral de Santa Maria... Se estiver hospedada com as irmãs, poderá visitar a torre que leva ao Duomo...

Aquela simples frase foi como um copo de água gelada despejada no ânimo afogueado da pequena dama. Perder a **oportunidade de conhecer** a Catedral e o Duomo de Florença para ficar hospedada naquela pocilga? Nem morta.

– Rex, você faria a gentileza de me acompanhar? – perguntou a peste, toda dengosa.

Um pedido feito por ela, assim com tão rara educação, era uma coisa difícil de recusar. Rex, que apesar de rebelde era também um **bem-educado cavalheiro,** decidiu que devia acompanhá-la. Isso sem falar na vantagem adicional de passear pela cidade! Mais um pouco daquela conversa e Rafael também teria criado coragem para pedir para acompanhá-los, e só não o fez por medo de que os outros rapazes o chamassem de "mariquinhas".

Foi assim que tio Francesco levou Fernanda e Rex para **passarem a noite no convento** da Catedral mais famosa de Florença, enquanto Rafael e Leonardo se hospedaram na simplória *bottega*.

A ARMADILHA

A oficina do mestre Verrocchio, ou *bottega* como era popularmente chamada, ficava na Via de Agnolo e hospedava vários aprendizes nos ofícios das artes, como pintura, escultura e ourivesaria. Os jovens levavam uma vida dura, eram mantidos sob rígida disciplina e trabalhavam doze horas por dia, nos sete dias da semana, sem direito a nenhuma folga. Viviam praticamente enclausurados na oficina, sem desfrutar de nenhum conforto.

Era uma vida dura, mas ninguém reclamava porque sabia que esse era o único jeito de progredir no meio artístico daquela época. Se o jovem artista não se submetesse ao aprendizado estafante junto a um mestre renomado, jamais poderia pertencer ao time de primeira linha de pintores profissionais e passaria a vida toda jogando na segunda divisão.

Só os artistas escolhidos e altamente recomendados trabalhariam para a nobreza, para o Duque e, quem sabe com um pouco de sorte, até mesmo para o Papa. Os outros teriam de se contentar em vender retratos no mercado ou mudar de profissão antes de morrer de fome.

Naquela bela manhã de verão, Fernanda e Rex passearam pela Piazza del Duomo e contemplaram apalermados os 463 degraus da interminável escadaria que leva até o topo da torre, a qual quase toca o céu e cuja abóbada arredondada os italianos chamam de Duomo. Enquanto isso, na *bottega*, Leonardo aguardava pela entrevista com o seu provável mestre, mergulhado em suor frio e muda expectativa.

Quando, após o que pareceu uma **verdadeira eternidade**, Verrocchio finalmente apareceu para o encontro, Leonardo sentiu que suas pernas ficavam bambas. O mestre começou a **andar de lá para cá** pela sala tremendamente atulhada do ateliê e, enquanto analisava meticulosamente cada um dos desenhos do jovem artista, torcia a carranca com **horríveis tiques nervosos** que não permitiam adivinhar se ele estava gostando ou não do que via. Num momento, ele **repuxava a boca** numa careta de esgar, noutro, torcia e puxava os fios de sua longa barba branca como se eles fossem seus piores inimigos; em seguida, parava por um instante e **piscava os olhos inúmeras vezes**, como se houvesse um enorme cisco perturbando sua visão.

Até mesmo Rafael, que normalmente possuía a calma de um monge tibetano, estava **começando a ficar nervoso** com as caretas que o sujeito fazia sem parar. Então, sem mais nem menos, ele caminhou em direção à porta, como que pronto para deixar a sala. Leonardo, em pânico, balbuciou:

– Mestre Verrocchio, o senhor...

Então, o **excêntrico artista** parou por um instante e, sem ao menos olhar para trás, sentenciou:

– Manda dizer ao teu pai que poderás vir consultar-me novamente no próximo ano – e como se pensasse melhor, fez uma pequena pausa, antes de continuar. – Não te esqueças de **trazer novos trabalhos**. Serás o primeiro a saber quando for a hora de ficar.

O mestre saiu apressado pela porta afora, indo cuidar de seus afazeres e deixando os dois garotos de boca aberta, como dois peixinhos indefesos presos num anzol.

– Léo, acho que não entendi bem: esse palavrório quis dizer "sim" ou "não"? – perguntou Rafael, visivelmente confuso.

– **Penso que ele disse que existe a possibilidade de que eu seja seu discípulo...** No futuro. Talvez imagine que eu ainda seja jovem demais para ficar aqui.

– Mas eu achei que, nestes casos, quanto antes se começasse, melhor... – pensou Rafael, só que em voz alta.

– Justamente por isso ele me mandou continuar praticando. **Talvez ainda seja cedo** para abandonar minha família – replicou Leonardo, também pensando em voz alta.

Agora sim a coisa começava a fazer algum sentido para Rafael. Já imaginou ter que **abandonar a casa dos pais aos dez anos de idade?** Ainda mais para morar naquela bagunça? Ele não queria nem pensar nessa possibilidade.

– Ótimo! Assim você ainda tem **tempo para brincar de inventor** antes de virar um artista famoso! – disse ele, e os dois garotos caíram na risada, felizes com a boa notícia.

Leonardo olhou ao derredor e, percebendo que eles estavam sozinhos na oficina, **foi tomado pelo impulso irresistível** de experimentar aquele incrível material de pintura. Nunca havia **trabalhado com tinta profissional** e suas mãos ficavam trêmulas de expectativa só de pensar em pintar alguma coisa com aquela maravilha da tecnologia local.

Esquadrinhou com olhar atento toda a sala, até que encontrou o que procurava: uma pequena tela, totalmente em branco, porém habilmente presa ao cavalete, como que à espera de alguém para pintá-la. Descobriu também uma pequena paleta, repleta de cores quentes e terrosas, que parecia ter sido abandonada há pouco. Escolheu a esmo alguns dos objetos que estavam sobre a mesa de trabalho do velho Mestre e começou a pintá-los traçando as primeiras linhas do que seria uma adorável natureza morta.

Rafael se aproximou, curioso, para ver qual seria o motivo da primeira pintura a óleo do amigo artista e ficou francamente decepcionado. Viu apenas um tinteiro muito antigo, rolos de papel amarelecido, uma maçã já meio murcha e uma caixinha de madeira ricamente entalhada; enfim, nada que realmente valesse uma pintura, pelo menos do ponto de vista de um simples mortal como Rafael.

Apesar do desconforto que sentia por pintar sem ter recebido uma permissão do Mestre, Leonardo entregou-se ao trabalho com imenso entusiasmo e alegria. Rafael, tomado por um vício dos tempos modernos, olhava para o relógio de cinco em cinco minutos, esquecido de que ele continuava parado, mais imóvel do que a múmia de uma toupeira egípcia.

– Vamos embora, Léo... Pode chegar alguém e, bem... Você sabe, o Mestre pode não gostar dessa invasão... A pintura já está ótima, esse lindo conjunto de... coisas – Rafael se enrolava todo, tentando dissuadir o amigo de continuar pintando, mas Leonardo parecia perdido no mundo da lua, completamente entretido com sua arte.

– Calma. Estou quase acabando... – disse o jovem pintor. – Tenho um problema: pintei os reflexos sobre os objetos com a luz partindo do lugar errado... Esse reflexo não devia estar aqui... Talvez devesse partir dali...

De repente, a porta se abriu sem nenhum alarde e duas sombras alongadas encheram o pequeno aposento. Rafael ficou mudo de susto e, sem conseguir dizer palavra, puxou fracamente a ponta da camisa de Leonardo, que continuava absolutamente entretido em sua criação, pintando e falando sozinho.

– Ora, ora... Será que temos um novo discípulo na casa e ninguém fez a delicadeza de nos avisar?

– comentou num tom de voz transbordante de sarcasmo um rapazote alto e magrelo, que fitava Leonardo com olhinhos negros e miúdos, que lembravam uma maldosa fuinha.

Ao ouvir a ironia, Leonardo largou o pincel com um sobressalto e virou-se imediatamente para ficar frente a frente com o dono daquela voz desagradável.

– Perdão, não foi minha intenção... – começou ele, mas antes que pudesse concluir seu pedido de desculpas foi grosseiramente interrompido pelo outro sujeito da dupla, um garoto baixinho e antipático que acompanhava o rapaz com cara de fuinha.

– *Esse novato já se porta como o maioral! Veja! Aquela paleta não pertence ao Mestre Verrocchio?*

Sem sequer notar que o fazia, Rafael tomou a paleta da mão do amigo e foi colocá-la sobre a bancada, de onde achava que ela nunca deveria ter saído.

Como que por instinto, Rafael e Leonardo procuraram a porta com o olhar, pensando em fazer uma rápida retirada, mas, antes que pudessem tentar alcançá-la, o garoto com cara de fuinha arrancou a tela do cavalete com um puxão, agitando-a no ar como se fosse a bandeira de guerra de um navio pirata. Gritou:

– De nada adiantarão suas negativas! Trago a tela como prova de sua desobediência! – e, enquanto gritava, continuou a sacudir a pequena tela no ar, debaixo do olhar enraivecido de Leonardo.

– Que tal lhe parece, meu caro Miguelângelo, o novato caipira saberá pintar? Pelo que posso ver nesta pequena amostra, julgo que é melhor que volte para o manejo do ancinho! – e os dois garotos riram, divertindo-se a valer com aquela brincadeira idiota.

De repente, a porta se abriu novamente, só que dessa vez com grande violência, pegando a todos de surpresa e fazendo com que saltassem de susto. Leonardo, branco como um fantasma, contemplou o olhar de "nenhum amigo" com que o Mestre os fuzilou.

O fuinha, no entanto, não era de se intimidar com facilidade; fingiu que nada de mais estava acontecendo e cumprimentou o professor com a maior cara de pau:

— Seja bem-vindo, Mestre! Que bom que chegaste! Gostaria muito que nos ajudasse a avaliar a qualidade da obra desse *nuovo pintore*[19]... — disse ele, frisando as duas últimas palavras, como se fossem palavrões.

Para Verrocchio, homem experiente e muito inteligente, bastou ouvir a inflexão de ironia na voz de seu ajudante de ordens para perceber que havia algum tipo de intriga em andamento. Coçando a barba como se fosse um cão cheio de pulgas, tomou assento num banquinho e disse:

— Vejo que já conheceram Leonardo e Rafael. Espero que tenham se apresentado uns aos outros, como manda a boa educação florentina... — e viu a raiva espelhada no olhar de Leonardo, dando-lhe a certeza de que a recepção de seu ajudante de ordens não havia sido particularmente simpática aos novatos.

---

[19] *Nuovo pintore*: "novo pintor", em italiano.

O Mestre continuou falando calmamente:

– Caros Leonardo e Rafael, esse garoto rabugento que fala é Júlio, meu ajudante de ordens. E se não me falha a memória, esse baixotinho que o acompanha é seu primo, Miguelângelo... – continuou com a voz mansa, porém enfática: – Parece que continuas a ignorar a proibição para que estranhos permaneçam no meu recinto de criação... Pelo que vejo, na minha ausência sempre tem algum enxerido ciscando por aqui...

O menino baixinho que atendia pelo nome de Miguelângelo ficou roxo de vergonha com o comentário e aproveitou para sair de fininho, porque estava cansado de saber que não era bem-vindo naquela oficina. Já Rafael desejou ser um micróbio para poder desaparecer imediatamente. Assim que Miguelângelo saiu, a voz trovejante de Verrocchio tornou a encher a sala.

– E você está correto, Júlio! Leonardo virá estudar conosco muito em breve. Serei seu Mestre nas artes! Pretendo acompanhá-lo pessoalmente... – disse ele, frisando a última palavra, cujo som ficou ecoando pela sala.

Júlio engoliu em seco. Como não era nada bobo, percebeu que o tal novato caipira caíra nas boas graças do Mestre. No futuro, não poderia tratá-lo de qualquer jeito, como estava acostumado a fazer com a maioria dos discípulos que viviam por ali.

– Permita-me... – o Mestre fez um meneio de cabeça, indicando que queria a pequena tela que continuava prisioneira das garras do cara de fuinha.

– Claro! – respondeu Júlio; o rosto transformado num tomate, afogueado de tanta vergonha.

Rafael começava a gostar daquele senhor rabugento, que mais lembrava um grande e amarfanhado cachorro molhado. Enquanto isso, Leonardo novamente suava frio, ralhando consigo mesmo por ter colocado em prática a ideia idiota de pintar sem ter uma autorização formal do Mestre. Por causa de sua estupidez, teria que suportar a avaliação precoce do professor e, ainda por cima, diante daquele rapaz idiota. Preferia que o chão se abrisse numa grande fenda e que o engolisse para todo o sempre.

O velho Mestre virou a tela para lá e para cá; depois a afastou de si o máximo que seus longos braços permitiam, para, em seguida, tornar a aproximá-la vagarosamente quase até a ponta de seu nariz de tucano. Enquanto avaliava a obra, fazia uma sucessão de caretas horríveis de se ver, como se ele estivesse sentindo uma baita dor de barriga. Depois de um pequeno intervalo de tempo, mas que para Leonardo pareceu uma verdadeira eternidade, ele sentenciou:

– Nada mal para um novato... *Grosso modo*, a composição parece equilibrada... a escolha das cores foi acertada... Porém, tua projeção da luz está absolutamente equivocada. Vê: esse reflexo jamais deveria estar aqui onde tu o colocaste – e apontou o dedo comprido para um outro ângulo do quadro. – Ele deveria vir daqui.

Sim. Leonardo já desconfiava disso, mas mesmo assim ficou agradecido pela correção. Sentiu uma nova emoção brotar em seu peito; um sentimento de vitória porque finalmente sentia que, se trabalhasse bastante, poderia transformar-se num verdadeiro artista!

– Agora chega de trabalho por hoje! Vocês dois, andando... Vão brincar lá fora, enquanto Francesco não retorna – e virando a cabeça para encarar melhor o ajudante, ordenou: – Júlio, vá pegar os livros! Vamos tratar das contas! Este sim é o teu ofício, e não ficar aqui chateando os novatos!

Rafael e Leonardo saíram da *bottega* para desfrutar a beleza da manhã. Antes, porém, registraram plenamente o olhar faiscante e carregado de promessas de vingança com que Júlio os fulminou quando tomaram a direção da porta.

Caminhavam às tontas pelas ruelas de Florença observando a vizinhança sem destino certo, quando avistaram a figura desconjuntada e inconfundível de tio Francesco que cruzava a praça à distância de alguns metros. Começaram a chamá-lo, em coro:

– *Tio! Tio Franceeesco! Olha a gente aqui...*

Assim que os viu, o tio acenou alegremente e acelerou o passo para encontrá-los. Só então os meninos repararam na presença da pequena donzela que o acompanhava.

Quem seria ela? E onde andaria Fernanda? "Teria aprontado alguma com as freiras?", pensou Rafael, temeroso de que a amiga tivesse se metido em alguma nova encrenca.

Aflitos, desistiram de esperar que eles se aproximassem e partiram para encontrá-los numa desabalada **carreira até o fim da comprida alameda.** Quando chegaram mais perto, mal puderam acreditar no que viam. **Não é que a tal senhorita misteriosa,** vestida como uma nobre florentina, a se abanar com um fino e elegante leque de madrepérola, era muito parecida com Fernanda?

– **Que foi? Nunca viu, cara de pavio?** – disse a pequena, revelando-se pelo uso da língua afiada e quebrando o encanto que sua bela presença havia despertado nos garotos.

Rafael, que até então estivera **boquiaberto com a beleza** de uma suposta desconhecida, balançou a cabeça e fechou a boca. Aquela frase disparada assim à queima-roupa desfez completamente a ilusão, não deixando a menor dúvida de que era ela própria, a megerinha em pessoa, apesar de **vestida como uma verdadeira princesa.** Anotou em sua agenda mental: "O hábito não faz o monge – meditar a respeito assim que tiver tempo".

Rex, que estava aproveitando para desfrutar dos privilégios que sua recente amizade com tio Francesco lhe concedia, veio o caminho todo refestelado naquele colo robusto. Quando seu táxi parou, ele pulou para o chão, indo se enroscar nas canelas de Rafael. O menino se abaixou, pegou o gato nos braços e o trouxe para bem perto do rosto para poder ouvi-lo cochichar um gracejo:

– Aposto como ela também te enganou! Eu quase tive um **treco, quando a vi vestida desse jeito!** Mas não é que a peste ficou bonitinha? – e riu satisfeito. Rafael apenas grunhiu alguma coisa. O gato continuou: – Sabe, primeiro as freiras não queriam deixá-la entrar no convento, porque **acharam que ela era um menino.** Depois, ficaram ainda mais horrorizadas quando viram que se tratava de uma menininha **vestida com trajes de menino.** Então, a madre superiora passou a maior descompostura no coitado do tio Francesco, por deixá-la andar por aí vestida daquele jeito. A sorte é que havia uma noviça recém-chegada ao convento que pôde doar para Nanda um de seus antigos vestidos de festa.

– **E como uma noviça tinha um vestido tão bonito desses?** – perguntou Rafael, achando aquela história muito estranha.

– Acontece que a tal noviça pertence a uma rica família de Milão. Parece que, nesta época em que estamos, é normal que as famílias nobres e ricas mandem alguns de seus filhos para servir à Igreja. Quase sempre enviam pelo menos um de seus filhos para que estudem nos monastérios, para que mais tarde sigam a carreira religiosa, ordenando-se padres. **Se forem meninas, são enviadas para os conventos** para se tornar freiras.

O menino tornou a abanar a cabeça, lamentando aquele costume tão estranho que permitia que as famílias decidissem de antemão o destino de seus filhos e filhas. A breve conversa ao pé de ouvido foi interrompida pelos resmungos da madame:

– **Estou avisando: este vestido pode ser muito bonito, mas não presta!** Fico pisando na barra da saia o tempo todo, sem falar no calor insuportável que faz aqui dentro! Vou tirá-lo assim que deixarmos esta maldita cidade! – rugia a menina, cuja roupa majestosa fazia lembrar uma rainha anã.

Quando o sino da catedral bateu anunciando onze horas, o calor que irradiava nas ruas era tão forte que nossos viajantes desistiram de fazer qualquer passeio e foram se refugiar numa *trattoria* para o almoço. **Comeram como trogloditas,** empanturrando-se com um delicioso espaguete à bolonhesa. Rex ficou com a cara toda suja, repleta de marcas de molho vermelho em seus bigodes de gato guloso.

Somente à tarde, sob o crepúsculo refrescante, é que criaram coragem para percorrer o caminho de **volta para a** *bottega*. Quando finalmente chegaram, encontraram um verdadeiro rebuliço na oficina do Mestre Verrocchio.

Parada bem em frente à porta havia uma carruagem negra, de aparência bastante agourenta, que pertencia à **Diligência Policial** de Florença, como informava um enorme brasão dourado pintado sobre a portinhola da lateral.

Assim que entraram, um garoto baixinho e sardento **apontou um dedo ossudo** para Rafael e gritou:

– Foi ele! Eu vi! Tenho certeza de que foi ele! – e Miguelângelo dava pulinhos, sem sair do lugar, como se fosse ter um faniquito a qualquer momento.

Sentado a um canto, Mestre Verrocchio, visivelmente abatido, esfregava as mãos com impaciência. Vendo a surpresa se estampar nos olhos do amigo Francesco, decidiu explicar o mais rápido possível o que estava acontecendo.

Porém, antes que ele pudesse abrir a boca para dizer qualquer coisa, um soldado deu um passo à frente e, agarrando Rafael num arranco agressivo, amarrou seus pulsos com uma corda. Fernanda ia começar a protestar aos berros, quando Rex, para chamar sua atenção, enfiou com força as unhas em sua canela. Imediatamente ela olhou para baixo pronta para lhe aplicar um pontapé, quando viu o irmão exigir silêncio, fazendo o gesto universal de psiu! Nanda resolveu manter a boca fechada por apenas mais um segundo, a fim de descobrir o que se passava.

– Caro Francesco, desculpe-me essa recepção desastrosa, mas aconteceu uma tragédia! Uma valiosa joia, pertencente ao próprio Duque, que estava sob nossa responsabilidade para que fosse consertada, simplesmente desapareceu! Reviramos tudo a sua procura e como a joia não foi encontrada, vi-me obrigado a chamar o nosso venerável Delegado para investigar o caso. Ele interrogou todas as pessoas que passaram por aqui no dia de hoje e...

Foi então que um senhor gorducho saiu das sombras e, interrompendo o Mestre de maneira deselegante, começou seu próprio discurso.

– E também interroguei o menino aqui presente, o pequeno Miguelângelo, que afirma que viu quando aquele garoto loiro ali – e apontou para Rafael, que tremia mais que vara verde – pegou a joia ducal que estava no estojo de madeira sobre aquela mesa. Como pode verificar, a caixa está vazia e a joia, desaparecida. Logo, temos um roubo, um acusado e uma testemunha. Tudo muito óbvio, muito simples! Assim sendo, dou ordem de prisão ao gatuno estrangeiro e aviso que prosseguirei com o interrogatório na delegacia. Tenha a certeza de que descobrirei de qualquer maneira onde esse ladrãozinho colocou o objeto do roubo! –

um tom de nítida ameaça modulava sua voz de trombone entupido.

– Perdoe-me a intromissão, senhor delegado, mas deve haver algum engano... – começou a dizer Leonardo, incapaz de se conter diante de tamanha injustiça. – Estivemos juntos o tempo todo e garanto ao senhor, pela honra da minha família, que Rafael nem sequer se aproximou da mesa onde estava aquela caixa... – porém, antes que ele pudesse contar que havia ficado de olho na caixa porque a usara como modelo para sua pintura, Mestre Verrocchio o interrompeu bruscamente.

– Leonardo, meu caro, tu não tens certeza, não é mesmo? E lembre-te: é a palavra do "pequeno pulgão" contra a do teu dileto amigo... Vamos deixar que o eminente senhor delegado resolva isso com calma, *capiche*?[20] – e piscou teatralmente para Leonardo, que ainda demorou um instante para identificar o "toque", diante da habitual confusão de tiques nervosos que sempre transtornavam a cara do Mestre.

---

[20] *Capiche*: "compreende", em italiano.

Leonardo, mesmo a contragosto, obedeceu e se calou. Percebeu que Mestre Verrocchio jamais interromperia sua explicação, a não ser que acreditasse que sua declaração seria absolutamente inútil para a libertação de Rafael. No máximo, confessar que usara a caixa da joia como modelo para sua pintura serviria apenas para lançar suspeitas contra si próprio, sendo que até mesmo a tela poderia ser usada como prova contra eles. O garoto espichou os olhos pela sala, à procura da pequena tela que havia pintado naquela manhã, e notou que ela não estava em lugar algum.

Decerto aquele delegado mal-encarado, cuja cara malévola denunciava um encrenqueiro profissional, adoraria ter dois suspeitos para enjaular. E a pior parte da história é que ele não teria como ajudar o amigo, se também fosse preso.

– O suspeito será mantido sob custódia da lei para averiguações – declarou o antipático representante da lei, fazendo sinal com o polegar para que o guarda sob suas ordens levasse o prisioneiro.

– Ei, você! Sua toupeira balofa! Trate de soltar o Rafael! Isso não é justo! ESTOU MANDANDO

SOLTAR! – gritou Fernanda, enquanto o guarda, ignorando solenemente suas ordens, seguiu arrastando Rafael pelos colarinhos, rumo à carruagem que o levaria à cadeia pública da cidade.

– EI, VOCÊS! FAÇAM ALGUMA COISA PARA SALVÁ-LO! AGOOORAAA! – gritou a menina, completamente descontrolada; seu rosto congestionado pela fúria estava da cor de uma beterraba e parecia pronto a explodir de raiva a qualquer momento.

– Francesco, *per favore*,[21] socorra a donzelinha! Acho que ela está passando mal... – pediu Verrocchio, penalizado com a situação.

O tio não pensou duas vezes. Com apenas duas gigantescas passadas ele cruzou o aposento, chegando bem a tempo de ampará-la, segundos antes que a pobrezinha desmaiasse e caísse estatelada naquele chão imundo.

O pobre homem ficou ali parado, embalando a menina como uma boneca de pano, paralisado diante de tamanha confusão. Sem saber o que fazer

---

[21] *Per favore*: "por favor", em italiano.

para reanimá-la, carregou-a para o andar de cima e colocou-a na cama do dormitório que os meninos haviam ocupado na noite anterior. Leonardo seguiu logo atrás, atônito, e ainda sem saber o que fazer para ajudar a amiga.

— Leonardo, não saia daqui nem por um instante — pediu o tio. — Vou conversar com Verrocchio, precisamos encontrar uma solução legal para esse problema... Afinal de contas, não existem provas contra Rafael, a não ser um falso testemunho prestado por um garotinho que mal deixou as fraldas.

Antes de sair, Francesco deu uma última olhada para Leonardo e, vendo o abatimento que tomara conta do sobrinho, decidiu fazer tudo que pudesse para ajudar seus amigos. Num último esforço para encorajá-lo, prometeu:

— Se nada do que dissermos ao delegado adiantar, prometo que mandarei um mensageiro à procura de seu pai. Ser Piero é um grande advogado e tenho certeza de que não se recusará a ajudar um inocente. Lembre-se de que Rafael é sobrinho do Padre Genaro... Isso deve valer alguma coisa, mesmo nesta cidade de gente sem fé... – rosnou o tio, enquanto se afastava a toda pressa.

Rex estava tão ou mais atordoado do que o próprio Leonardo; a armadilha covarde em que haviam caído Leonardo e Rafael lhe provocara uma desorientação tão grande, que seu cérebro parecia estar emperrado. Eles permaneciam sentados na beirada da cama da amiga, sentindo-se incapazes de pensar com clareza. Ficaram ali mudos e tão imobilizados quanto ela própria, apenas velando por seu sono intranquilo.

No fundo, o discurso do tio Francesco para tentar tranquilizar Leonardo havia sido inútil. Sua intuição lhe dizia que aquela armação contra Rafael tinha relação direta com o desagradável entrevero que tivera com Júlio naquela manhã e o olhar de "aguarde o troco" com que ele o fulminara na saída. Estava perdido nessa nuvem negra de preocupação, quando Fernanda acordou de repente. Ela se ergueu da cama num sobressalto e disse:

– Ah! Léo! Graças a Deus, você está aqui! Tive um pesadelo horroroso! Sonhei com uma toupeira metida num uniforme de soldado, que, seguindo as ordens de um gorducho nojento, arrastou Rafael para a cadeia, e ninguém fazia nada para impedir e...
– então o olhar de Nanda encontrou o de Leonardo. A angústia que viu estampada nos olhos do amigo provocou uma forte contração em seu estômago e ela achou que iria vomitar a qualquer momento. A máscara de tristeza que moldava o semblante do menino lhe disse que a tragédia não fora apenas um pesadelo.

Com medo de que Fernanda desmaiasse novamente, Leonardo tratou de distraí-la. Começou a falar pelos cotovelos e contou tudo o que havia acontecido com eles naquela manhã, enquanto ela ainda estava no convento. Quando finalmente terminou seu relatório, Nanda estava com uma cara apenas um pouco melhor do que antes do "chilique", porém parecia bem mais decidida a agir do que a chorar.

– Então, essa armadilha só pode ser coisa desse cretino chamado Júlio! – concluiu, nervosa.

– De acordo – murmurou Leonardo. – Como achou que Mestre Verrocchio poderia me proteger de suas armações, resolveu acusar Rafael. Dessa forma, acerta dois coelhos com uma pancada só.

– Faz sentido. **Ele sabia que a caixa guardava uma joia...** sabia que vocês dois ficaram sozinhos na oficina durante parte da manhã... Teria sido fácil para ele **surrupiar a joia** quando não houvesse ninguém por perto, e depois instruir seu comparsa, esse tal Miguelângelo, para que incriminasse Rafael com um falso testemunho. Quando tinha tudo acertado, denunciou ao Mestre o sumiço da joia do Duque. Ele sabe que um **crime grave** contra uma pessoa ilustre **não pode ficar sem solução...** Por causa disso, o delegado está tão ansioso para encontrar um culpado... – ela raciocinou em voz alta.

– Parece que ele não se incomoda nem um pouco se esse culpado não for o verdadeiro ladrão... O que interessa é arrumar um trouxa pra pagar o pato...

– disse Fernanda, que, uma vez restabelecida, retomou seu conhecido hábito de andar de lá para cá.

Enquanto percorria seu trajeto imaginário pelo quarto, tropeçando várias vezes na longa cauda de seu suntuoso vestido, seu cérebro procurava uma resposta. De repente, estacou e deu um grito:

– Eureca! Já sei o que temos de fazer pra livrar o Rafa dessa enrascada!

Finalmente ela tivera uma ideia, para alegria de seus companheiros que não aguentavam mais acompanhar aquela sua maratona sem destino. Então, ela se sentou na beirada da cama, pegou Rex no colo e, enquanto coçava suas orelhas, esboçou em linhas gerais seu plano de ataque.

– Léo, pelo que você me contou, esse Júlio deve ser um grande cara de pau para ter coragem de inventar uma história estapafúrdia dessas e, ainda por cima, fazer com que todo mundo acredite nela. Mas se ele acha que é o único com talento para inventar histórias, está redondamente enganado! Vamos fazê-lo provar do seu próprio veneno... Vamos mostrar o que é teatro de verdade!

Leonardo e Rex se entreolharam, sem compreender palavra alguma do que aquela maluca estava dizendo. Será que o desmaio afetara seu raciocínio? Fernanda percebeu o clima, mas manteve a dúvida pairando no ar porque se divertia com o suspense. Só depois de uma longa e angustiante pausa é que a peste prosseguiu:

– Por mais imaginativo que ele seja, nós temos uma grande vantagem: **viemos do futuro** e sabemos coisas que ele não descobriria sozinho nem em mil anos. Afinal, ele não é um Leonardo da Vinci!

– Léo também não entendeu a referência a seu nome, mas achou melhor não interromper a menina que já parecia bastante confusa.

– **Vou precisar da ajuda de vocês dois!** Precisamos agir imediatamente! O Rafa deve estar apavorado com tudo isso e não podemos deixar que ele passe a noite inteira mofando naquela cadeia medonha.

– **Esse maravilhoso vestido terá alguma serventia afinal!** É a roupa perfeita para compor meu personagem. Léo, você será meu camareiro, maquiador, iluminador e contrarregra. Rex, você será meu fiel escudeiro. Ao trabalho! Não temos tempo a perder! Ainda hoje daremos a esse espertalhão chamado Júlio um grande espetáculo teatral...

Em seguida, **cochichou uma ordem** rente à orelha de Rex, de modo que ninguém mais pudesse ouvi-la. Depois, ele saiu a toda pressa, saltando com agilidade felina do chão para o parapeito da janela e dali pulando para um muro próximo. **Precisava cumprir a missão** que lhe fora confiada pela irmã boa de briga.

Assim que o perdeu de vista, Fernanda lançou um olhar maroto para Leonardo e pediu:

– Por favor, confie em mim... Venha, vamos preparar o cenário e **planejar os detalhes** para entrar em ação assim que Rex voltar de sua missão.

Como um robô teleguiado, Leonardo se deixou conduzir e encantar pela pequena sereia. Sentado à beira da cama, ele ouvia atentamente a longa lista que ela ditava, discriminando a série de itens de que precisaria para realizar seu show.

– **Preste muita atenção!** Não vá se esquecer de nada, hein! – alertava a peste.

Enquanto a menina falava sem parar, Leonardo ia anotando tudo de cabeça, valendo-se apenas de sua prodigiosa memória. Repetia a lista para si mesmo numa cantilena: um véu feminino, de preferência na cor preta; tintas para pintar o rosto; pulseiras e colares coloridos; uma grande tigela; um aquário pequeno; ervas aromáticas ou coisa parecida; um saco com fuligem. "Para que diabos ela precisa disso tudo?", cismava o garoto.

– Isso deve bastar. Vou aguardar seu retorno, escondida aqui no quarto. Lembre-se: é fundamental para o sucesso do meu plano que o tal Júlio não me veja. Ele não pode saber que eu existo, ok?

– e assim dizendo, Fernanda tratou de empurrá-lo para fora do quarto com recomendações para que não demorasse muito ou ela morreria de aflição.

O GRANDE ESPETÁCULO TEATRAL

Rex saiu em disparada, preocupado em cumprir a importante missão que a irmã lhe confiara: procurar a cadeia pública e encontrar Rafael. Porém, somente quando já estava do outro lado da estreita rua onde ficava a oficina de Verrocchio, ele se lembrou de que não fazia a menor ideia de onde ficava a tal cadeia. Parou em cima de um muro, fechou os olhos e começou a respirar bem devagar:

– Inspira, expira, inspira, expira... – ele repetia automaticamente os exercícios respiratórios que o Padrinho ensinara no orfanato e que ele usava sempre que precisava manter a calma para pensar melhor.

– **Grades!** Normalmente cadeias têm grades por toda parte. Vou procurar por uma **construção que tenha grades nas janelas...** – pensou em voz alta.

Saiu andando novamente, mas dessa vez sem tanta pressa; mantinha o **olhar atento** à vizinhança, procurando, observando e analisando a arquitetura das construções que ia encontrando pelo caminho. Seguiu com aquele percurso sem destino certo por uns três quarteirões adiante, até que vislumbrou um muro alto, todo feito de pedras. **A aparência sombria do lugar,** que lembrava uma antiga fortaleza, era de causar calafrios na espinha. Concluiu que o lugar seria perfeito para abrigar a cadeia da cidade, mas como ter certeza de que a encontrara? Escalar aquele muro altíssimo não seria uma tarefa fácil. Já pensou ter tanto trabalho e dar de cara com o jardim de inverno de algum mosteiro? Ele não podia correr o risco de errar e de perder tempo com enganos. Isso, nem pensar!

Decidiu contornar o muro até encontrar uma porta ou janela por onde pudesse passar sem ser notado por ninguém. Ao menos dessa vez a sorte estava do seu lado: logo após seguir a curva que o muro fazia, acompanhando a esquina, havia um grande portal onde ficava a entrada do lugar. **Foi se aproximando da porta** sorrateiramente, disfarçando, como se estivesse caçando algum camundongo, quando ela se abriu com um **grande gemido de dobradiças enferrujadas.** Sem pensar duas vezes para que a coragem não o abandonasse, Rex tomou impulso e mergulhou rente aos pés de quem saía, e foi tão rápido na ação que ninguém reparou quando ele entrou.

Continuou andando agachado, o corpo peludo roçando o enorme muro de pedra que levava a um largo e desértico pátio interno. Qualquer dúvida que restasse sobre a localização da tal cadeia se desfez de repente, quando Rex deu de cara com um corredor onde havia uma série de cubículos fechados por grossas barras de ferro. Finalmente, encontrara a cadeia, mas ainda faltava encontrar Rafael.

Passou em frente de várias portas abertas, sabendo de antemão que somente as fechadas podiam interessar. Para sua sorte, e a dos cidadãos de Florença, somente duas estavam trancadas com ferrolhos. Aproximou-se da primeira, olhou lá para dentro e não conseguiu ver coisa alguma porque estava muito escuro. **Decidiu dar um miado bem fraquinho** na esperança de ser reconhecido, caso o prisioneiro da cela fosse Rafael. Se não fosse, pelo menos não se denunciaria.

Miou baixinho e aguardou um instante, virando a cabeça em todas as direções, a procura de algum perigo. Foi quando ouviu a voz de Rafael perguntar:

— **Rex? É você quem está aí?**

Uma imensa onda de alívio banhou o coração do felino que, por um momento, desejou ser uma lagartixa para deslizar por debaixo daquela grade e abraçar o amigo. Animado, falou bem baixinho para que ninguém pudesse ouvir:

— **Sim, sou eu!**

Agora, preste bastante

atenção! Não me pergunte nada, apenas siga minhas instruções porque não posso correr o risco de ser apanhado – pediu Rex.

– É tão bom ver que está aqui... – disse Rafael, se aproximando da porta da cela

– Também fico aliviado em vê-lo... Ouça com atenção: a Fernanda tem um plano para tirar você daqui o mais rápido possível. Ela me mandou buscar o isqueiro que você tem no bolso.

Rafael não estava entendendo coisa nenhuma e não conseguia imaginar como um simples isqueiro poderia tirá-lo daquela enrascada, mas também não estava em condições de discutir as ideias estapafúrdias da amiga. Resignado, passou o pequeno objeto pela grade, sabendo que teria que confiar nos amigos.

– Como vai levá-lo? – perguntou o garoto.

Por um instante, Rex observou o isqueiro, sem saber ao certo como poderia carregá-lo, até que teve uma ideia. Disse:

– Coloque aqui... – indicando o pequeno vão que havia entre a coleira e o seu pescoço. Pensou que finalmente aquela porcaria iria servir para alguma coisa além de provocar coceiras.

Tentando não pensar em quanto tempo aguentaria carregar aquele traste antes de morrer sufocado, o pobre gatinho saiu correndo. Rex nem tentou se despedir do amigo, porque mal conseguia respirar com aquela porcaria entalada na garganta.

Rafael, **desanimado,** se deixou cair no monte de palha fedorenta que lhe servia de cama e rezou fervorosamente para que seus amigos conseguissem tirá-lo daquele lugar abominável. **Tentou não pensar no conforto de sua casa** e na falta que sentia da mãe, porque isso fazia com que seus olhos ficassem cheios de água. Voltou a roer o toco das unhas com renovada determinação. Esperava que a dor nos dedos pudesse distraí-lo da solidão que ameaçava invadir sua alma de menino.

Percorrer o trajeto de volta não foi nada fácil, no entanto, Rex cumpriu com louvor sua missão. Pouco tempo depois de deixar Rafael, ele conseguiu retornar para a *bottega*. **Usou todos os seus instintos** para encontrar com relativa facilidade a janela do quarto onde Fernanda o aguardava ansiosamente, segundos antes de sufocar de vez ao peso de sua carga.

– Pela Virgem Maria! Você está ficando azul! – e a menina tratou de desembaraçá-lo de sua preciosa carga, enquanto o pobrezinho era atacado por um acesso de tosse.

– **Belo trabalho, Rex!** Se a gente conseguir sair dessa encrenca, prometo que direi a todo mundo que o mérito pela vitória foi todo seu... – ela cochichou em seu ouvido e afagou seu cangote com carinho redobrado, retirando enfim a coleira que quase o enforcara.

– E vamos jogar essa porcaria no lixo! – decretou decidida, arremessando a coleira para longe.

O som de passos ecoou no corredor, denunciando a presença de alguém que se aproximava rapidamente. Eles correram para detrás da cortina, porém, respiraram aliviados quando viram Leonardo entrar no aposento, sobrecarregado com as encomendas de Fernanda.

– **Poderiam me ajudar, por favor?** – pediu ele, enquanto bancava o equilibrista.

Num instante arrumaram pelo quarto todos os itens do modesto cenário; em seguida, Leonardo fez uma excelente maquiagem em Fernanda, que a deixou com a fisionomia exótica de uma cigana dez anos mais velha. Depois, foi a vez de Rex, que teve todas as partes brancas do corpo lambuzadas com a fuligem retirada da lareira, até que ficasse negro como piche. Então, quando achou que tudo estava de acordo com o tema do espetáculo, a menina pediu:

— Léo, pode ir buscar nosso "pato"...

Imediatamente, Leonardo foi à procura de Júlio; encontrou-o ocupado em varrer o pátio da *bottega*, com a cara muito contrariada de quem não estava acostumado a fazer aquele tipo de serviço. Na certa, estava sendo castigado pelo Mestre Verrocchio, que não era tolo e sabia que o responsável por toda aquela confusão só podia ser seu ajudante de ordens. No íntimo, Verrocchio lamentava não ter nenhuma prova que pudesse justificar sua desconfiança.

O olhar raivoso de Júlio cruzou com o de Leonardo, travando no ar um duelo silencioso de alguns segundos, antes que Leonardo anunciasse o motivo de sua vinda.

– Há uma pessoa que exige vê-lo imediatamente. É melhor que me siga... – o tom de ameaça que impregnava a voz de Leonardo não deixava margem para negativas.

Júlio observou Léo de cima a baixo, avaliando sua atitude deliberadamente hostil, e decidiu que ele tinha força física e valentia suficientes para lhe dar uma boa surra se estivesse determinado a fazê-lo. Júlio, apesar de ser mais velho e mais alto do que Léo, era um notório covarde. Seu estilo era o de agir escondido, oculto pelas sombras da injúria e da mentira; ele seria sempre o primeiro a fugir quando suas maquinações resultassem numa eventual troca de sopapos.

Leonardo pegou o candeeiro de sobre a mesa e, sem dizer palavra, começou a subir as escadas. Júlio achou prudente obedecer e seguiu em seu encalço.

Anoitecia. Assim que a porta do quarto foi aberta, eles foram banhados por luzes de mil tons de laranja e vermelho que incendiavam o maravilhoso crepúsculo em Florença. Sentada próxima à janela e magicamente iluminada pela fantasmagórica luz daquele pôr do sol, estava uma pequena donzela, cuja face se escondia por detrás de um longo véu de renda negra.

– Essa é a *signorina* que exige vê-lo – murmurou Leonardo, fazendo uma pequena mesura para ela.

Com todo cuidado o garoto instalou o candeeiro que trouxera no gancho da parede mais próxima, fechou a porta e se manteve ali parado, assumindo seu papel de sentinela imperial. Dessa forma, encerrava esplendidamente seu pequeno ato e dava a deixa para a entrada da "grande diva" no espetáculo que iniciava.

– Queira se aproximar, por favor... – pediu a pequena donzela na voz firme e autoritária de quem está acostumada a dar ordens e não admite ser contrariada.

Muito a contragosto, Júlio deu dois míseros passinhos na direção da donzela vestida de negro porque instintivamente seus joelhos se recusavam a fazer o esforço necessário para chegar mais perto dela.

De súbito, num gesto elegante e delicado, ela levantou o véu negro que encobria seu rosto e encarou seu oponente com uma arrogância calculada. Seus imensos olhos castanhos estavam pintados com *kajal* escuro, à moda egípcia, evocando uma aparência exótica que exalava mistério. Para ajudar a compor seu personagem de equivocada inspiração oriental, ela usava uma profusão de pulseiras douradas e colares de contas multicoloridas que lembravam uma espécie de Carmem Miranda[22] em viagem de férias ao Egito. Sem desgrudar nem por um segundo o **olhar hipnótico** sobre sua vítima, ela disse:

— Você é Júlio... — ao que o garoto, intimidado pela aparência incomum daquela senhorita esquisita, respondeu afirmativamente, com um simples aceno de cabeça.

— **Já ouviu falar de mim, Júlio?** — perguntou ela, recebendo em resposta um novo abano de cabeça, só que dessa vez negativo. O garoto parecia incapaz de encontrar a língua para dizer coisa alguma. Estava como que **congelado,** irremediavelmente fisgado pela fúria gelada que o contemplava através daqueles imensos olhos negros, diabolicamente iluminados pelas labaredas alaranjadas do crepúsculo que entravam pela janela.

Em face da resposta negativa, ela continuou com seu interrogatório:

---

[22] Carmem Miranda: famosa cantora e atriz, nascida portuguesa, mas de alma brasileira.

– Mas, pelo que sei, você foi apresentado ao meu irmão caçula, o pequeno Rafael... Não foi? – e sua voz foi diminuindo de tom até quase se transformar num murmúrio sibilante.

Júlio percebeu que havia algo errado, porém continuou observando, mudo. Então, de repente, com um gesto largo e imperial, a pequena cigana retirou o véu negro de sobre os ombros revelando o colo de pele clara; olhando um pouco mais para baixo, ele viu um par de enormes olhos verdes, que o fitaram em desafio, cintilando como esmeraldas na obscuridade do aposento.

Aquela inesperada aparição de Rex, negro como uma estatueta de ébano, pareceu surtir o efeito cênico planejado pela diretora do espetáculo. O fato é que Júlio, como a maioria das pessoas daquela época, era muito supersticioso e acreditava piamente que gatos pretos davam um tremendo azar. Seu primeiro impulso diante da desagradável aparição daquele "gato de bruxa" era o de fugir dali o mais rápido possível.

O pobre coitado deu vários passos para trás, até pisar no pé de Leonardo, que, tal e qual uma estátua de pedra, continuava parado junto à porta guardando a única saída. A cigana aproveitou a momentânea confusão do garoto para continuar seu jogo e se apresentar:

– Sou Madame Sarah. Pertenço a uma antiga família cigana que veio de muito longe daqui, lá das terras de além-mar. Não precisa ter medo do bichano... Ele é meu jovem amigo, Giancarlo – disse ela, alisando o cangote negro do gato e saboreando, deliciada, o impacto da aparição.

Júlio, que sempre possuíra uma grande presença de espírito, estava acostumado a passar por situações difíceis. Percebendo que também caíra numa armadilha, conseguiu rapidamente disfarçar o susto e manter a voz firme ao responder educadamente:

– Prazer em conhecê-la, Madame Sarah. Não sei com quais calúnias a envenenaram contra mim, porém, garanto-lhe que não conheço seu irmãozinho – desconversou ele, fazendo uma pequena mesura.

Madame Sarah jogou a cabeça para trás num estudado gesto de desdém, para em seguida fulminar Júlio com um olhar poderoso, cuja raiva fazia saltar chispas.

– Veremos se o que diz é mesmo verdade, meu caro – e em sua voz havia um leve tom de ameaça.

Fazendo movimentos imperceptíveis com os pés, num feito que certamente provocaria inveja até mesmo em David Copperfield,[23] ela puxou para junto de si a mesinha de cabeceira que Leonardo estrategicamente deixara por ali, dando a impressão de que a dita cuja brotara do nada.

Em seguida, num gesto muito rápido, ela deu um puxão num outro véu e descortinou diante de sua minúscula plateia um pequeno objeto de vidro, que lembrava uma bola de cristal, fazendo-o aparecer como que por encanto sobre a mesa. Júlio apenas observava, mudo de espanto e começando a suar frio.

A pequena cigana, sempre acompanhada pelo gato negro, fechou seus grandes olhos e, agitando as mãos por sobre a estranha bola de cristal, começou a recitar em voz muito baixa palavras incompreensíveis numa língua desconhecida:

---

[23] David Copperfield: famoso mágico americano, especialista em realizar ilusões monumentais em shows de TV.

– Ziriguidum, skindô, skindô, saravá meu sinhô, sai-prá-lá, sai-prá-lá. Curumim, pé de pato, mangalô, três vezes...

Subitamente, a cigana teve o corpo tomado por uma série de estranhos espasmos que a sacudiram de cima a baixo, como se ela tivesse recebido um choque de muitos volts. Depois de um breve instante, ela ficou mais calma e, como se nada tivesse acontecido, recomeçou a falar, só que dessa vez a voz que saía de sua boca parecia pertencer a uma outra pessoa:

– Vejo claramente dois meninos numa sala... Um deles está pintando um quadro, enquanto o outro apenas observa... Alguém que, aliás, se parece muito com este que está aqui presente... Entra repentinamente na sala acompanhado por um menino baixinho, que talvez seja seu parente. Juntos, surpreendem os dois primeiros... – recitou a menina com aquela voz que não é a sua.

– O menino mais alto é também o mais velho... Ele se acha o dono do lugar... – ela fez uma pausa.

– Ele não gosta de novatos, principalmente dos que têm um talento verdadeiro...

Júlio continuou tentando heroicamente fingir que não tinha nada a ver com o assunto, porém, no íntimo estava cada vez mais assombrado com o poder de ver o passado da ciganinha. A menina fingiu ignorar o assombro que viu nos olhos do garoto para continuar com seu show de adivinhação:

– O garoto ranzinza tenta repreender o pintor novato dizendo que ele não deveria estar ali, porém é surpreendido pela chegada do verdadeiro dono do lugar... – e ela apertou as mãos sobre a própria fronte, como se estivesse sentindo fortes dores de cabeça.

– Pelos deuses! Sinto raiva, uma raiva muito grande pairando no ambiente... Sentimentos rasteiros... Inveja... Vejo um impiedoso plano de vingança sendo maquinado por uma mente tão esperta quanto mesquinha... Ah! Que sensação horrível... – e sua mãozinha se agitou novamente por sobre a superfície lisa e luminosa da bola de cristal. – Agora vejo o garoto alto novamente sozinho no aposento: ele está à procura de alguma coisa importante... Vejo um antigo estojo de madeira que deve guardar algo muito valioso... Ele finalmente o encontra, então retira a joia e a esconde consigo. Deixa a caixa no mesmo lugar, só que vazia de seu precioso conteúdo...

Nessa altura da dramatização, Rex não resistiu à própria curiosidade e decidiu pular do colo de sua dona cigana para cima da mesa a fim de observar "olhos nos olhos" a reação do inimigo. O gato ficou a um passo de sentir pena com o que viu: lá estava Júlio, completamente encharcado pelo suor frio que escorria em bicas de sua fronte, **lutando para não demonstrar todo seu medo e culpa.** Então, Rex se lembrou de Rafael, sendo atirado sozinho naquela cadeia fedorenta por causa das mentiras daquele garoto infeliz, e a pouca piedade que começara a sentir pelo traste passou **com a rapidez de uma piscadela.** Sim, seu íntimo ferido de gatinho órfão e abandonado dizia que Júlio merecia cada segundo daquele castigo.

Enquanto Rex observava, a pequena cigana foi tomada por um novo e angustiado espasmo antes de continuar narrando suas visões aos presentes. Depois de mais um aflitivo instante de sofrimento angustiante, o acesso tremilicante passou e ela pôde continuar descrevendo sua visão:

– Agora, vejo o garoto alto exigindo do menino baixinho, que é seu parente e que o acompanhava naquela manhã, que acuse o garoto loiro e estrangeiro pelo sumiço da joia. Usando sua esperta lábia ele convence o estúpido primo com extrema facilidade. Ele diz que tem certeza de que o verdadeiro ladrão é o amigo loiro do pintor aprendiz, mas que não pode denunciá-lo pessoalmente porque tem medo de perder seu emprego de ajudante de ordens. Afinal de contas, o estrangeiro é amigo dos amigos de Mestre Verrocchio.

Aquela última revelação teve o dom de extinguir o restante de coragem que mantinha Júlio firme sobre as próprias pernas. Ele estava quase cambaleante, com o rosto de fuinha banhado em suor, e mal conseguia pronunciar seu desagrado, porém, sabia intuitivamente que a melhor defesa era o ataque. Júlio entendia que precisava agir rápido, se não quisesse perder de vez o controle sobre a situação. Ele reuniu toda a sua falsa indignação e, erguendo a cabeça num gesto de orgulho, rugiu em voz vacilante uma última ameaça:

— És uma bruxa! Uma maldita bruxa!

— ao ouvi-lo, a pequena cigana que havia nela se ofendeu. Calma na superfície, mas tremendo de raiva por dentro, ela respondeu baixinho, num tom de voz quase maternal.

— Por favor, não me ofenda! Se lhe interessa saber, sou sacerdotisa de uma excelente linhagem! Tenho o dom da clarividência e jamais me engano! Os deuses, mais cedo ou mais tarde, sempre levantam o véu que encobre todas as coisas e me mostram a verdade. E nesse caso, a verdade é que você roubou a joia ducal e convenceu seu estúpido primo a acusar meu irmão Rafael, somente para se vingar do nobre Leonardo, de quem você morre de inveja e ciúme!

Apesar de trêmulo de medo, Júlio não se deu por vencido. Numa atitude de rebeldia ele tentou sorrir, porém, o que apareceu em seu rosto foi uma medonha máscara de guerra. Cheio de ódio, gritou uma nova ameaça:

– Não tens prova alguma contra mim! Saibas que será a palavra de uma bruxa estrangeira contra a de um piedoso cristão! Se eu contar o que presenciei aqui aos nobres desta cidade, tu é que serás assada numa fogueira em praça pública! – e novamente ele tentou gargalhar, porém, só conseguiu emitir um som metálico que lembrava o latido de um cão ferido.

Por um segundo, Rex e Leonardo trocaram um olhar de pânico. No entanto, antes que pudessem materializar suas preocupações, Fernanda reagiu com uma nova ofensiva. O duelo entre os dois valentes estava só esquentando...

Com um gesto praticamente invisível para olhos destreinados, a pequena atriz sacou o isqueiro que mantivera o tempo todo escondido numa das dobras da roupa e o colocou com destreza entre os dedos fechados da mão direita. Então, repetindo os gestos rápidos que aprendera a fazer em casa após horas e horas praticando com seu "Kit de Aprendiz de Mágico", ela usou o isqueiro para incendiar rapidamente as ervas aromáticas que repousavam num pequeno prato sobre a mesa. Daquele seu gesto praticamente imperceptível, nasceu um grande e **fumacento fogaréu,** que lançou **chispas vermelhas** para todos os lados, dando ares de realidade ao seu truque de **feiticeira endiabrada.**

Júlio e até mesmo o próprio Leonardo saltaram para trás, pegos de surpresa com a encenação pirotécnica da pequena cigana. Mal sabiam eles que a melhor parte do show ainda estava por vir.

Ardendo de satisfação com a cara de espanto de sua plateia, a pequena cigana deu início ao *gran finale* de seu espetáculo:

– Pobre Júlio! Se eu fosse você pensaria melhor antes de me desafiar... **Sou Sarah,** descendente da magnífica Medeia,[24] e estou lhe ordenando: devolva a joia do duque agora mesmo ou **vou transformá-lo num porco,** como ela fez com Ulisses!

Enquanto o som teatral da fala triunfante de Madame Sarah ainda enchia o ar, Rex identificou sua "deixa" e imediatamente entrou em cena. Procurou por um lugar de destaque sobre a mesa e parou ao lado da pira ardente. Seus olhos enormes estavam diabo-

---

[24] Medeia: lendária bruxa da mitologia grega.

licamente iluminados pela luz alaranjada, quando ele deu início à sua soberba atuação de ator coadjuvante.

– Não, Madame Sarah! Por favor, poupe o garoto! **Não o transforme num reles animal** como fez comigo! Nenhum condenado, por pior que tenha sido seu crime, merece semelhante castigo! – disse em tom de súplica. Havia dor e tristeza descomunais em seu obstinado apelo e sua intensidade comoveu até mesmo Leonardo, que, por um instante, ficou na dúvida, pensando se o amigo gato não seria mesmo um humano enfeitiçado.

– **Cale a boca, Giancarlo!** Não se intrometa onde não é chamado ou o transformarei numa pererreca! Se você tivesse honrado as calças que vestia, isso jamais lhe teria acontecido. Agora é tarde demais para reclamar! Vejamos qual será a escolha de seu futuro companheiro de infortúnio...

Júlio ficou branco como um fantasma e não podia acreditar em seus próprios sentidos. Tudo indicava que a magia da pequena megera era muito mais poderosa do que ele poderia imaginar. **Presa de sua tradicional covardia,** ele olhava a todo instante para a porta, imaginando um jeito de fugir, porém, ali estava a firme presença de Leonardo barrando a passagem. Júlio percebeu que não havia nada que pudesse fazer para sair daquela enrascada e que teria que entregar os pontos. Enquanto ele vacilava em sua capitulação, Madame Sarah contemplava as próprias unhas e provocava:

— Que bicho você prefere, Júlio querido? Que tal um cão? Não, não, cachorro é bicho leal e isso seria um fardo muito pesado para a sua falta de caráter. Já sei! Que tal uma fuinha? Esse bicho é a sua cara! – e soltou uma gostosa gargalhada, tão contagiante que Leonardo teve que fazer um grande esforço para manter sua cara de mau.

Então, diante da cruel perspectiva de ser transformado numa fuinha pela bruxa horrorosa, Júlio finalmente resolveu se entregar. Disse, com forjada humildade:

— Por favor, nobre feiticeira, não me transforme em coisa alguma! Você tem razão: a joia está comigo. Farei o que for de seu agrado, mas, por piedade, livra-me de seus malignos feitiços! – pediu o garoto, que nem precisava de feitiço para ter cara de fuinha, caindo em pranto aos pés de sua pequena senhora.

Por mais um instante, Fernanda saboreou o gosto de sua esplêndida vitória. O espetáculo caminhava para seu término, então, ela declamou solenemente sua fala final:

– Meu caro Júlio, já que confessou seus crimes, serei generosa. Faça o que digo e o deixarei livre de meus feitiços: acompanhe Leonardo, pegue a joia de seu esconderijo e a entregue ao Mestre Verrocchio. Diga-lhe que, quando estava varrendo a *bottega*, encontrou-a caída debaixo da mesa.

– **Você não sabe de que fria se livrou,** meu chapa! – disse Rex, não resistindo à tentação de também ter sua última fala.

Júlio, **tremendo de alívio,** colou-se à parede, tentando colocar a maior distância possível entre Giancarlo, o gato falante, Madame Sarah e ele próprio.

Fernanda fez um sinal imperceptível para que Leonardo se aproximasse e cochichou em seu ouvido:

– Vá com ele e **entregue a joia** para o Mestre Verrocchio imediatamente. Tenho certeza de que o Mestre saberá o que fazer para retirar Rafael da cadeia ainda esta noite. Enquanto você cuida disso, vou tirar este disfarce de cigana e arrumar a bagunça antes que alguém apareça por aqui.

A passos rápidos Leonardo escoltou Júlio para fora do quarto, deixando Fernanda e Rex a sós. Assim que eles saíram, a menina **agarrou o gato** nos braços e o encheu de beijos afetuosos. Estava absolutamente eufórica.

– Conseguimos, Rex! **Nós conseguimos!** – falava animada e tornava a cobrir o irmão com uma nova saraivada de beijos. Se houvesse mais alguém por ali, decerto Rex teria ficado constrangido com aquela súbita demonstração de improvável afeto, porém, como não havia ninguém para **testemunhar o mico,** ele podia simplesmente aproveitar a glória daquele momento inédito.

– Nanda, tem uma coisa nessa história que eu ainda não entendi direito... – murmurou ele, assim que o entusiasmo da amiga diminuiu e ela o deixou respirar. – Como foi que você descobriu que Miguelângelo não sabia que Júlio era o verdadeiro ladrão?

– **Eu não descobri nada!** Apenas apostei que Júlio, sendo **esperto e desconfiado** como uma fuinha, jamais confiaria seu **segredo** a quem quer que fosse. Meu palpite foi de que ele jamais confessaria o crime, nem mesmo para a toupeira asmática do primo. Isso porque, sem saber a verdade, o primo imbecil não poderia dar com a língua nos dentes e acabar por entregá-lo. Parece que dei sorte, acertando o alvo em cheio e matando o pato!

– Grande dedução, minha cara Sherlock! Mas o que teria acontecido se o seu palpite estivesse errado? – perguntou ele, coçando a cabeça peluda com preocupação.

– Bem... Então, acho que a essa hora o delegado e seu exército de toupeiras já estariam armando uma grande fogueira na praça para assar lentamente cada um de nós, sob a acusação de prática de bruxaria! – respondeu a peste, rindo à larga e demonstrando um senso de humor bastante mórbido.

Rex piscou duro e engoliu em seco, pensando nos riscos que haviam corrido com toda aquela encenação amalucada. Tinham brincado com fogo por causa daquela maluca!

– Ah! Não faz essa cara de preocupação, não. O importante é que deu tudo certo e que vamos tirar o Rafa daquela maldita cadeia! Lembre-se da máxima do bom comandante: os fins justificam os meios. Desamarre essa tromba e venha me ajudar a arrumar essa bagunça antes que chegue alguém – exigiu a menina, dando a questão por encerrada.

Enquanto isso, no andar térreo, Júlio cumpria com sua parte no combinado. Com a cara mais sonsa do mundo, retirou a joia de seu esconderijo e, sob o olhar vigilante de Léo, foram ao encontro de Mestre Verrocchio. Em seguida, e sem maiores perguntas, o mestre e tio Francesco marcharam para a delegacia, onde entregaram a desaparecida joia ducal ao delegado e exigiram que Rafael fosse solto imediatamente, já que era inocente.

O delegado concluiu que a joia havia sido perdida e não roubada, e que a acusação do menino Miguelângelo contra Rafael fora apenas um terrível engano. Apesar de tudo ter acabado bem, Leonardo continuou achando que o primo de Júlio não havia recebido o merecido castigo por suas mentiras. De qualquer forma pensou que, quando voltasse para estudar no próximo ano, haveria de aparecer uma oportunidade de aplicar um corretivo mais satisfatório naquele nanico intrometido.

Depois de encerrada toda aquela confusão, o tio decidiu que a melhor coisa a fazer era partir naquela mesma noite. Então, Francesco, Leonardo e Rafael arrumaram rapidamente todas as provisões na carroça, enquanto Fernanda, já vestida com suas antigas roupas de menino medieval, aguardava muito a contragosto que tudo ficasse pronto para a partida.

Um novo dia quase raiava no horizonte avermelhado, quando cada um dos viajantes ocupou seu assento na velha carroça. Finalmente estavam prontos para regressar a Anchiano.

Mestre Verrocchio fazia uma nova recomendação a cada instante, pedindo que tomassem cuidado com eventuais **salteadores de estrada**, com lobos, com estranhos e com quaisquer outros perigos que sua mente febril pudesse fabricar naquele momento de despedida. Quando tio Francesco assobiou para colocar a parelha de cavalos em movimento, o velho Mestre deu um grito tão grande, que fez Leonardo pensar que a roda da carroça tinha passado por cima de seu pé. Felizmente não era nada disso; ele apenas se lembrara de que precisava dar um último e importante recado:

– Leonardo! Que cabeça oca a minha... Tenho uma boa notícia para ti! No próximo ano, quando vieres estudar, o detestável Júlio não estará mais aqui! Mandei chamar meu primo, Giancarlo Di Lorenzo, que mora em Nápoles, para ser meu novo ajudante de ordens!

A novidade proporcionou um grande alívio para todos, mas foi Rex quem melhor captou o espírito de revanche da situação, quando observou num cochicho:

– Repararam na ironia do castigo? O substituto de Júlio será um primo chamado "Giancarlo"! Que maravilha! – Leonardo e Nanda se entreolharam e caíram no riso, enquanto Rafael e o tio faziam cara de quem não tinha entendido a piada.

– *Arrivederci*!²⁵ Que Deus os acompanhe! – acenava Mestre Verrocchio, enquanto torcia a cara numa nova série de repuxões e tremeliques variados.

Quando finalmente a carroça se pôs a caminho, Fernanda respirou aliviada. Sentiu como se um enorme peso saísse de suas costas; cansada pela noite sem dormir, apoiou o corpo num enorme saco de trigo e estava quase pegando no sono, quando Rafael a sacudiu:

– Nanda! Olha o Rex contando vantagem! Ele fica contando vantagem... disse que devo a ele minha liberdade... Que se não fosse por sua coragem, eu ainda estaria mofando naquela cadeia nojenta... Manda ele parar com esse papo-furado! Quero ouvir a sua versão dessa história.

Nesse instante todos os olhares se voltaram para a guria, que respondeu entre bocejos:

– Pois garanto a você que tudo que o Rex disser é a mais pura verdade. Se não fosse por sua coragem e pelo seu esforço, provavelmente estaríamos todos literalmente "fritos". Agora, vê se me deixa dormir

---

²⁵ *Arrivederci*: "até logo", em italiano.

em paz, que estou caindo de sono... – e fechou os olhos, dando o assunto por encerrado.

Rex ficou muito satisfeito com aquela inédita demonstração de generosidade da irmã, que honrava a promessa de conceder-lhe o mérito pela vitória contra os inimigos florentinos. Enquanto ela descansava, o gatinho, ainda todo orgulhoso, aproveitou para contar pela milésima vez como bancara o herói, salvando a todos daquela enorme encrenca.

Rafael, apesar de contrariado, ouvia atentamente, reparando que, a cada vez que a história era contada, a valentia do amigo crescia em volume e importância. Leonardo endossava cada palavra de Rex com um breve aceno de cabeça. Como verdadeiro cavalheiro que era, de bom grado permitiria que o amigo peludo assumisse o papel principal na aventura, já que bancar o herói o fazia tão feliz.

A ELETRIZANTE EXPERIÊNCIA

Foi com um sobressalto da carroça que Fernanda acordou de seu sono sem sonhos. Sonolenta, ainda esfregava os olhos cor de avelã, quando percebeu que seu corpo todo doía, maltratado pelo desconforto do amontoado de palha que lhe servia de cama. Viu onde estava e não conteve um suspiro de desânimo. Por um momento, fechou novamente os olhos e imaginou estar deitada em sua própria cama, protegida do mundo pelo macio edredom estampado com bichinhos coloridos, no conforto de seu quarto em sua bela casa amarela.

No entanto, em vez dos **familiares sons matinais** que costumavam despertá-la quando estava no **aconchego do lar**, o que ela ouviu foi um som muito esquisito. Parecia com um cão perdigueiro engolindo o ar em **longas fungadelas**, farejando a pista de alguma presa. Nanda ficou com os cabelos em pé só de se lembrar da voz rouca de Mestre Verrocchio enumerando a imensa lista de perigos que poderiam ameaçá-los durante a viagem. **Quase sem respirar,** ela ergueu a cabeça bem devagarzinho para poder enxergar melhor, porém, em vez do tal cão perdigueiro, deparou-se com tio Francesco numa atitude muito esquisita. Lá estava ele, imóvel, olhos cerrados, enquanto seu imenso nariz aspirava grandes lufadas de ar, concentrado em identificar sabe-se lá o que. **Intrigada,** a garota resolveu liquidar com a dúvida de uma vez por todas e perguntou num fiozinho de voz:

– Tio, o senhor está passando mal? – e pensando novamente em Verrochio: – O que é que está farejando? Está sentindo cheiro de lobo?

Francesco olhou para trás e ficou tão surpreso com o terror que havia nos olhos da menina, que deu uma estrondosa gargalhada, fazendo barulho suficiente para despertar os garotos que ainda estavam dormindo. Imediatamente, novos pares de olhos arregalados e sonolentos o fitaram, na certa desejosos de saber qual o motivo de tanta graça. Quando ele finalmente conseguiu recuperar o fôlego, parou de rir e tratou de esclarecer o mistério.

– Não, *mia bambina*,[26] não se preocupe com isso... É que estou sentindo um cheiro forte de terra molhada. Acho que há uma tempestade a caminho daqui! Meu velho faro me diz que em breve teremos uma bela chuvarada sobre nossas cabeças! – e assim dizendo, apontou na direção do horizonte.

Apesar da firme convicção do tio, as crianças olharam e não viram nada de diferente naquele imenso céu azul, nem mesmo a sombra de uma pequenina nuvem negra. Nanda procurou Leonardo com o olhar e, sem dizer uma única palavra, fez um movimento brusco com o queixo, no gesto insolente de quem pergunta: "O que você acha?".

---

[26] *Mia bambina*: "minha menina", em italiano.

Apesar das maneiras descuidadas da amiga, Leonardo, como sempre educado, tratou logo de responder:

– O tio tem um **faro inacreditável** para perceber as mudanças no tempo. Lá na fazenda, já é um hábito. Quando ele anuncia que sente o cheiro de tempestade se aproximando, todo mundo sai correndo. Tratamos logo de fechar as portas do celeiro, de recolher os animais e de amarrar as coisas pelo terreiro para que nada saia voando. **É tiro e queda!** Ele nunca erra...

O garoto fez uma pequena pausa. Então, como se lembrasse de algo importante que precisasse contar aos amigos, continuou:

– Acho que foi por causa desse seu **estranho talento** que decidi fazer aquela máquina que vos mostrei. Para tentar comprovar o que ele dizia e, talvez, quem sabe, surpreendê-lo em erro. Mas foi um trabalho inútil, porque ele nunca erra! Se ele diz que vai chover, a máquina mede a umidade do ar e, no máximo, comprova a sua previsão. Meu avô diz que é assim desde que ele era criança. É um dom dado por Deus.

– Tudo indica que sua família foi **abençoada com vários e diferentes talentos...** – comentou Rafael, admirado com a sinceridade do pequeno inventor. Fernanda tratou de interromper as divagações do amigo com sua conhecida praticidade.

– Acho bom começarmos a **organizar nosso plano de regresso** imediatamente e torcer para chegarmos à fazenda antes da tempestade. E tomara que o tio esteja certo e que caiam muitos raios do céu sobre esta minha cabeça dura! – festejou a menina.

Num passe de mágica, Fernanda mandou a tristeza passear. De repente, ela ficou realmente feliz porque percebeu que, pela primeira vez, desde que aquela aventura maluca começara, surgia uma possibilidade real de voltar para casa.

– Hei, tio Francesco! **Será que dá para acelerar esses pangarés?** Olha que eu não quero chegar à fazenda toda encharcada! – berrou a menina a plenos pulmões na orelha do coitado.

– **Teu pedido é uma ordem!** – respondeu Francesco, sacudindo as rédeas com toda a força para que os cavalos trotassem mais rápido.

— Nesse passo, chegaremos logo... – comentou Leonardo, agarrando com firmeza o braço de Rafael, bem a tempo de evitar que aquela brusca mudança de velocidade derrubasse o menino sonolento de seu assento.

— Talvez... Isso se meu estômago não decidir abandonar o barco, pulando da boca para fora... – resmungou Rex, muito insatisfeito com o novo ritmo da viagem. Fernanda apenas sorriu. Desejava poder voar! Sentia que nada era mais importante do que voltar para casa.

A paisagem foi mudando rapidamente e logo nossos viajantes passaram a reconhecer as redondezas da propriedade dos Vinci. Uma figueira gigantesca era um marco de que todos se lembravam, e logo mais adiante havia uma grande rocha com o formato de nariz de bruxa que Fernanda apelidara de "Narigão de Circe". Em breve, eles estariam em *Anchiano*, de volta à paz da fazenda.

Leonardo permanecia mudo e pensativo, na atitude contemplativa que Tia Maluca chamaria de "estado sorumbático". Na verdade, ele queimava os neurônios tentando imaginar um jeito de atrair o raio e, ao mesmo tempo, de proteger seus amigos do perigo da descarga elétrica que certamente viria junto com ele. Fernanda observou a mudez do garoto por tempo suficiente para ficar curiosa. Então, como se pudesse ler pensamentos, gracejou:

— Será que esse "supercérebro" já descobriu um jeito de fazer a gente voltar para casa sem virar **churrasquinho de gente e de gato?** — quando Rex ouviu a palavra "churrasquinho" associada à palavra "gato", arrepiou-se todo e saltou para o refúgio do colo de Rafael.

— Estava mesmo pensando nisso... — respondeu Leonardo, tendo um ligeiro sobressalto. — Acho que tive uma ideia...

— E... — cutucou a mocinha, como se fosse um duende dando corda num boneco de mola.

— Vou transformar aquela inútil máquina de prever o tempo numa plataforma para atrair os raios da tempestade... — disse ele. Em seguida, olhou para Rafael e pediu:

— Rafael, *per favore*, faça um desenho da... Como é mesmo o nome daquela coisa? **"Pipa"?**

— Pode deixar... — e o menino pegou o lápis de carvão e o pedaço de papel que Leonardo estendia.

Fazendo inúmeras caretas, como se desenhar fosse um processo muito doloroso, traçou o rabisco bastante infantil, porém, inconfundível de uma pipa.

– Desculpe o **garrancho,** mas não sou um artista como meu "xará" das antigas!

Ao ouvir o gracejo, Fernanda balançou a cabeça, desanimada. Afinal de contas, Leonardo não tinha como saber que o tal "xará" a que Rafa se referia era o famoso pintor italiano Rafael, que naquela época ainda não havia sequer nascido.

Leonardo **ignorou o comentário esdrúxulo,** preferindo observar atentamente o desenho ruim que Rafael estendia; primeiro virou o pedaço de papel da direita para a esquerda, depois afastou e aproximou o desenho várias vezes junto do nariz, tentando compreender o funcionamento da coisa que aquele desenho rudimentar tentava representar.

De repente, como alguém que compreende tardiamente uma velha piada, começou a rir, todo contente. Os amigos olharam para ele sem entender qual era a graça. Mal contendo o entusiasmo, ele finalmente resolveu esclarecer a charada para a plateia desenxabida que o fitava sem dizer nada:

– Ah! Entendi! Vocês precisam de um *cometa* para voar carregando a chave pelo céu e atrair o raio!

– *Cometa?* – repetiram em coro, Nanda, Rafa e Rex.

– Sim, *cometa*. Essa coisa que vocês chamam de "pipa", nós chamamos de cometa – explicou Leonardo.

– Faz sentido... Os cometas também voam... – disse Rex, coçando a cabeça peluda.

– E se estatelam no espaço sideral! Não tem sentido coisa nenhuma! – reclamou Rafael. – Mas, pensando bem, pipa também não tem nada a ver com nada...

– **Não interessa que nome tenha,** o importante é que ele finalmente entendeu o que precisamos! – sentenciou a menina e, abaixando a voz para o tom de um murmúrio, cochichou no ouvido de Rafael. – Bem que estranhei, um cara esperto como ele não saber fazer uma **simples pipa...**

Já era quase a hora do entardecer, quando nossos heróis finalmente chegaram à fazenda. Tio Francesco fez a carroça parar gentilmente em frente ao estábulo e, sem esperar por mais ninguém, saiu correndo para avisar aos seus trabalhadores que a tempestade, que por enquanto só ele pressentia, estava a caminho.

O céu permanecia limpo, quase sem nuvens. Mesmo assim as crianças correram para dentro do celeiro, prontas para preparar a experiência que deveria levá-las de volta para casa.

Mal entraram e Fernanda retirou do esconderijo as roupas que ela e Rafael usavam quando haviam chegado àquela época. Novamente sem dizer uma única palavra, ela jogou as peças que pertenciam a Rafael em seu colo e indicou com o polegar que ele fosse vesti-las. Enquanto eles trocavam de roupa, ocultos uns dos outros pelos fardos de feno, Leonardo mexia e remexia em sua "ex-máquina de prever o tempo", tentando transformá-la numa "plataforma atraidora de raios". Quando ele entrava nesse seu "transe criativo", ficava como que hipnotizado pelo novo invento e logo seus amigos perceberam que não adiantaria incomodá-lo com perguntas inúteis que nem sequer seriam respondidas.

– Ele entrou em "alfa" novamente – observou Fernanda, sabendo que ele só voltaria ao normal quando a sua nova geringonça estivesse pronta para a ação.

Impaciente com a expectativa, ela puxou Rafael pelo braço e ordenou:

– Pegue lápis e papel na mochila do Léo. Precisamos escrever o nosso "bilhete de destino", senão aquele bilheteiro antipático não nos deixará descer do trem no lugar certo! – rosnou a pequena mandona.

Apesar do aparente esforço que ela fazia para não incomodar o inventor, não demorou muito para que a sua pouca paciência se esgotasse. Assim que Rafael trouxe o material necessário, ela voltou a concentrar sua atenção em Leonardo. Tamborilava com os dedinhos impacientes sobre o engradado de madeira que usava como mesa, tentando imaginar o que devia escrever no papel. Passados longos minutos, ela decidiu que já estava na hora de atrapalhar a concentração do amigo.

– Hei, espertão, acorda! Não sei o que escrever aqui! Afinal de contas, foi você quem falou com aquele monge destrambelhado! Diga lá, o que é que ele mandou colocar no tal "bilhete de destino"?

– Um momento, *per favore*... – pediu o garoto, ainda muito ocupado em dar os últimos ajustes em sua engenhoca medieval.

Depois de um instante, que pareceu interminável aos que esperavam pela resposta, Leonardo deu sua invenção por terminada. Com duas passadas largas cruzou o ambiente e alcançou os amigos que aguardavam pela resposta em muda expectativa.

– Deixe-me pensar... – disse o pequeno inventor. – O monge disse que o bilhete deveria mencionar um destino completo... Que deveria ter o nome do país de origem e da cidade natal dos viajantes. Disse também que precisaria conter a data do retorno com o dia, o mês, o ano e a hora aproximada da chegada. Acho que é só isso...

A menina franziu a testa, pegou o lápis e molhou a ponta nos lábios; seu cérebro sinalizando vagamente a lembrança de que a mãe odiava quando ela fazia isso. Concentrada, passou a escrever o bilhete, tentando seguir o máximo possível as instruções ditadas pelo amigo. Depois de um momento de extrema concentração, começou a ler em voz alta o que havia rabiscado no tosco pedaço de papel:

– País: Brasil; cidade: São Paulo; data e hora de retorno... – nesse ponto, parou de ler e puxou o braço de Rafael até que seu pulso quase lhe tocou o nariz. – Venha cá, preciso ver a hora que seu relógio está marcando...

Deu uma rápida olhada e voltou a escrever, recitando a informação que continuava congelada no mostrador do relógio digital de Rafael.

– Data de chegada: 18 de fevereiro de 2010. Hora: 17:05:55. Pronto! – recitou.

Em seguida, ela passou o pedaço de papel para Rafael, que deu uma espiadela, repassando-o rapidamente para Rex, sem perceber que isso era absolutamente desnecessário, já que o gato não sabia ler. Rex perdoou a desatenção do amigo e simplesmente passou o bilhete adiante, entregando-o para Leonardo. Enquanto examinava o bilhete com extrema atenção, a mente ágil do garoto lembrou-se de um pequeno detalhe: quando o monge voltou de seu estranho passeio, ele apareceu fora da clareira na floresta, ou seja, longe do lugar de onde havia saído originalmente. Decerto isso aconteceu porque, ao escrever seu bilhete de retorno, o monge não conhecia a hora exata em que havia sido apanhado pelo raio.

Leonardo coçou a orelha esquerda e, como se uma lâmpada se acendesse dentro de sua cabeça, percebeu que era necessário prestar muita atenção a qualquer defasagem de tempo ou o regresso dos amigos poderia dar errado. E se isso acontecesse, ninguém poderia prever onde eles iriam parar! Poderiam ficar perdidos em algum lugar do passado para sempre! Ele sentiu um forte calafrio na espinha só de pensar nessa possibilidade.

— Esperem um pouco! — pediu o garoto. — Pensem comigo: se colocarmos no bilhete de destino a hora que está marcada no relógio do Rafa, vocês voltarão para casa no mesmo instante em que o raio os puxou para o túnel do tempo. Se isso acontecer, penso que a força magnética do raio poderá ser suficientemente forte para sugá-los novamente para a estação maluca... O que me dizem? — perguntou Leonardo, preocupado com um possível efeito "ricochete" provocado pelo fenômeno da "eletricidade *versus* a defasagem de tempo".

— **Tem razão!** Nada como contar com a ajuda de um gênio! – disse Fernanda, rindo e batendo palmas para mais uma demonstração da inteligência do amigo genial.

— Diga, Léo, que horas devo colocar aqui? – perguntou.

— Imagino que alguns minutos a mais, a partir dessa hora que o relógio do Rafa está marcando, devem bastar para evitar problemas. É só uma precaução para garantir que a atração magnética já terá desaparecido quando vocês conseguirem voltar para casa...

— De acordo – disse Nanda, enquanto escrevia a nova hora certa no bilhete de regresso. – Vou colocar 17:15:55. **Acho que esses dez minutos a mais serão suficientes.** A essa altura do "acontecido" nós já teremos sido sugados para a estação maluca, a descarga elétrica do raio já terá se dissipado e alguns minutos já terão se passado antes da hora marcada para nosso regresso.

— **Isso!** Assim a gente não corre o risco de trombar com a gente mesmo vindo, quando estiver indo! – resumiu Rex, encerrando a questão.

– Agora, mãos à obra! Façamos a "pipa"! – convidou Leonardo, entusiasmado com a ideia de construir uma coisa que afinal ele conhecia.

Enquanto Rafael media e cortava o papel rústico de que dispunham e Leonardo usava um pequeno canivete para esculpir varinhas de bambu para as hastes da pipa, Nanda e Rex perceberam que estavam sobrando, pois eram péssimos em trabalhos manuais. Resolveram que ajudariam muito mais se fossem para fora dar uma boa olhada no tempo.

Saíram do celeiro para observar o céu e descobriram que, passado apenas um quarto de hora e, exatamente como tio Francesco previra, havia uma tempestade gigantesca se aproximando a todo vapor! O horizonte estava coberto por imensas nuvens negras e uma brisa que soprava cada vez mais forte indicava que a chuva estava se aproximando rapidamente.

Nanda sentiu um friozinho na barriga só de imaginar que dali a pouco teria que enfrentar aquela tormenta. Rex, que sensatamente compartilhava da preocupação da irmã, por um momento desistiu de sua pose de "durão" e pulou para o colo da menina em busca de calor e proteção. Ela coçava distraidamente o cangote peludo de Rex e tentava parecer superior. Porém, no fundo de sua alma, sentia uma imensa gratidão por tê-lo por perto naquele que era o momento mais difícil de sua curta vida.

Agarradinhos nos braços um do outro, voltaram ao celeiro ainda a tempo de ajudar na confecção de uma grande "rabiola" para aquela coisa voadora que Fernanda chamava de "pipa", que Rafael nomeara de "papagaio", mas que Leonardo conhecia por "cometa". Seja lá que nome tivesse, a verdade é que o brinquedo fora convertido no instrumento fundamental de uma experiência científica e estava finalmente pronto para entrar em ação.

Feliz com o resultado do trabalho, Rafael pegou a pipa e correu com ela um pequeno trecho, tentando inutilmente erguê-la no ar.

– Toupeirão... Não tá vendo que aqui dentro não tem espaço pra ela levantar voo? **Temos que testá-la lá fora!** – resmungou Fernanda, tomando a pipa de sua mão com um puxão nada amistoso.

Leonardo se aproximou da garota e esticou o braço, mostrando a mão fechada em concha.

– Ainda falta algo... – disse ele, abrindo a mão para mostrar a velha chave enferrujada, que passara os últimos trinta anos dependurada na porta de entrada da casa da família Vinci.

– Claro! Exatamente como Benjamin Franklin fez em sua experiência! Precisamos da chave de metal pra atrair o raio! Leonardo, você nunca se esquece de nada?! – gritou a menina.

Na verdade, Fernanda estava tentando usar seu já conhecido mau humor para esconder a crescente admiração que sentia por aquele garoto tão diferente.

Entregou a pipa para que ele amarrasse a chave nela, mas, em vez de dá-la simplesmente, resolveu fazer algo um pouco diferente. Esticou-se na ponta dos pés para ficar um pouco mais alta e, sem pensar duas vezes, sapecou um grande e estalado beijo na bochecha do garoto. Surpreso, Leonardo, que era tímido como um camundongo do campo, sentiu o rosto arder em brasa, enquanto ia ficando vermelho como um tomate maduro.

Rafael e Rex quase rolaram no chão de tanto rir da cara de espanto do amigo diante dos arroubos de carinho da pequena peste. Para disfarçar o embaraço, Leonardo fingiu que não tinha acontecido nada demais e desandou a falar sem parar, explicando em tom professoral o plano de ação que os amigos deveriam seguir.

– Daqui a pouco, quando a tempestade estiver rugindo com toda a sua fúria, empurrarei a plataforma para o meio do pátio para que ela fique longe da casa. Em seguida, acionarei esta manivela aqui, que puxará o barbante que prende a pipa lá para cima e a colocará voando bem alto no céu. Então, ao meu sinal, correrão até ela e ficarão parados mais ou menos por ali, distantes alguns metros da plataforma.

Antes que algum deles pudesse fazer qualquer pergunta, Leonardo começou a andar bem devagar, contando mentalmente cada passo que dava num estranho trajeto para lugar algum.

– Terão que ficar afastados da plataforma mais ou menos à distância de uns vinte passos. Segundo meus cálculos, essa deve ser uma distância segura... – ou, pelo menos, ele torcia para que fosse.

– E o que irá acontecer depois disso? – Rafael arriscou perguntar. Fernanda reparou que o amigo já quase não tinha unhas nas pontas dos dedos, que mais se pareciam com tocos carcomidos por alguma praga desconhecida.

– **Se tudo der certo,** num instante a força do vento fará a pipa voar bem lá para cima, para o meio da tempestade. Então, a chave que ela carrega deverá atrair para a área da plataforma um dos muitos raios que estarão riscando a tormenta – explicou Leonardo.

– E quando isso acontecer, a descarga de eletricidade gerada pelo raio deverá ser suficientemente forte para **abrir o túnel do tempo** e nos levar de volta para a estação maluca! – concluiu Fernanda.

– Isso mesmo – concordou o pequeno gênio.

– Estou morrendo de medo... – confessou Rex, que tremia.

– E quem não está? – perguntou Leonardo, dando um grande e meigo sorriso.

Aquela confissão, feita de um jeito tão singelo, teve o poder de quebrar o gelo e afastar um pouquinho mais para longe a tremenda ansiedade que todos sentiam. Riram juntos, descobrindo que o riso também poderia ser um santo remédio para afastar o medo.

O som do vento assoviando no telhado, seguido pelo ribombar de um ruidoso trovão, serviu para lembrá-los de que já estava mais do que na hora de começar a tal experiência. Rafael pegou a pipa e Fernanda seguiu logo atrás, carregando a rabiola com todo o cuidado para que ela não se enganchasse em nada. Leonardo empurrava com esforço a plataforma improvisada, enquanto Rex fechava o cortejo, com a disposição de um condenado caminhando para a guilhotina.

Durante o tempo em que os trabalhadores estiveram distraídos no celeiro, o dia havia se transformado em noite fechada. As rajadas de vento eram tão fortes que sacudiam furiosamente os galhos das árvores, curvando os arbustos quase até o chão e uivando raivosamente ao redor da velha casa de pedra dos Vinci, lembrando os lamentos de uma alma penada.

– Acho melhor a gente se despedir aqui... – arriscou Rex, prevendo que a hora da partida se aproximava tão rápido quanto a **fúria da tempestade**.

– Quem sabe não é melhor que eu vos acompanhe? Só por precaução... – perguntou Leonardo, aflito ante o perigo que espreitava seus amigos.

Fernanda interceptou uma faísca de esperança no rápido olhar trocado entre Rex e Rafael e, por um instante, seu coração desejou poder aceitar o generoso oferecimento do amigo. Chegou a abrir a boca para dizer que "sim", quando a imagem de uma minúscula Tia Maluca surgiu em sua mente: como num sonho, lá estava ela, de mãos postas na cintura, os óculos mal se equilibrando na ponta do diminuto nariz e aflita como sempre. Ralhava: "**Será que você endoidou de vez?** Já pensou no desastre que o desaparecimento de Leonardo da Vinci poderia significar ao futuro da humanidade?".

Fernanda sacudiu a cabeça, tentando inutilmente afastar o fantasma inconveniente da tia, que continuava a matraquear entre seus miolos: "Ele deve permanecer onde está... Não se atreva a trazê-lo para o futuro! **Ele tem que cumprir com seu glorioso** destino e dar sua inestimável contribuição à História dos homens no espaço de tempo ao qual pertence!".

– Ok, ok, você venceu, tia! Nada de bagunçar com a História... – murmurou a coitada, falando baixinho consigo mesma, tomada pela solidão que as decisões difíceis ocasionam.

Voltando do devaneio, encontrou o olhar atento dos meninos que a observavam; em muda expectativa, eles aguardavam imersos num silêncio impaciente que ela desse uma resposta.

– Ah, Léo! Eu adoraria que você viesse com a gente... Mas não podemos fazer isso com sua família. Já pensou no desespero do tio Francesco se você sumisse, assim, sem mais nem menos? – ela parou por um instante e deu um longo suspiro.

– Nós estamos torcendo para que a experiência funcione... Com sorte, logo estaremos em casa. Porém... – e, de repente, ela parou de falar, como se sua língua fosse incapaz de completar aquele raciocínio sombrio.

– Do contrário, eu também ficaria perdido no tempo... – completou Leonardo, com a voz embargada pela tristeza.

O silêncio desceu como uma nuvem negra sobre seus corações. Fernanda havia surpreendido a todos com a profunda sensatez de seu raciocínio; desolados, os garotos não encontraram nenhum argumento que pudesse contrariar aquela lógica implacável.

– Tem razão. Mesmo que a viagem de vocês funcione corretamente, não sei como seria minha vida se eu não pudesse voltar para casa. Não consigo me imaginar vivendo num mundo tão diferente quanto o seu... Melhor eu ficar por aqui mesmo. Boa sorte, amigos. Tenham uma boa viagem e que a Virgem Maria os proteja...

E assim dizendo, Leonardo abriu os braços, que, apesar de magricelos, eram compridos o suficiente para apertá-los num único e caloroso abraço. Não há palavras que possam traduzir a emoção que havia naquele instante de despedida. Só quem já perdeu um verdadeiro amigo do peito poderá compreender plenamente o tamanho da dor que eles sentiram naquele momento de separação.

***

Parado no limiar da porta do celeiro, Leonardo observou o firmamento com a frieza de um especialista em meteorologia. Deu uma bela olhada naquele horizonte que ele conhecia como a palma de sua mão e analisou pela milionésima vez o céu cor de chumbo, que agora estava completamente tomado por imensas nuvens negras, gordas de água e de eletricidade.

– Quando eu assoviar, vocês saem! E não antes! – disse ele com voz de comando, saindo em seguida.

O vento fustigou a face de Leonardo, que lutava bravamente contra sua força descomunal, empurrando sozinho a plataforma de madeira para o meio do terreiro. Fernanda, Rafael e Rex continuaram observando o esforço do companheiro, protegidos pelo grande beiral que rodeava o telhado, enquanto aguardavam ansiosos pelo sinal de Leonardo.

O céu parecia estar em pé de guerra e a chuva não demoraria a despencar daquelas nuvens revoltadas e enegrecidas. Leonardo teria de agir muito rápido, porque, do contrário, seria impossível erguer a pipa contra a parede de água que ameaçava cair sobre suas cabeças. De quando em quando, os relâmpagos riscavam o firmamento enegrecido, desenhando grandes e brilhantes rabiscos com a duração de uma piscadela. Os trovões que os seguiam, rugiam tão alto que lembravam disparos de canhões e faziam o coração da criançada saltar dentro do peito.

O pequeno Rex fitava o céu com medo crescente e muita desconfiança. Julgava que o tempo havia enlouquecido e pedia silenciosamente ao seu anjo da guarda que os protegesse da violência da tempestade.

Leonardo também não gostava de tempestades. Apesar de ter sido criado no campo e de estar acostumado com os **caprichos do tempo,** quando chovia ele se via assombrado pelas lembranças das **histórias de tristeza, destruição e morte** que seu avô contava sempre que surgia uma oportunidade.

Ser Antônio falava do ano de 1456, quando um verdadeiro furacão devastou o Vale do Rio Arno, destruindo tudo que havia em seu caminho. Quando a tragédia aconteceu, Leonardo tinha apenas quatro anos, porém, ele seria assombrado pelo resto de sua vida por essas lembranças. Sua fixação com a força das águas e com os fenômenos climáticos apareceria novamente no futuro, em desenhos e projetos dedicados à domesticação dos rios.

Já Nanda e Rafael nunca haviam estado cara a cara com uma borrasca. Cercados pelos confortos da modernidade, estavam habituados a assistir aos temporais como se fossem espetáculos pirotécnicos que aconteciam do lado de fora da janela de suas casas.

No entanto, de todos eles, era o pobre Rex quem mais sofria. Ele sentia o pânico de antigas e trágicas recordações tentando engoli-lo; o clarão dos relâmpagos tinha o poder de reviver em sua mente a lembrança da terrível noite em que fora abandonado, dentro de uma caixa de sapatos, às portas do orfanato. Apavorado e sem conseguir dar nem um miadinho sequer, ele pulou para o colo de Rafael e pregou as unhas em suas roupas, tremendo descontroladamente.

Apesar dos diferentes sentimentos que os envolviam naquela hora de perigo e apreensão, nossos heróis decerto concordavam numa coisa: **observar a tormenta assim tão de perto**, digamos no olho do furacão, era um acontecimento muito menos divertido do que eles poderiam imaginar.

A escuridão era tão grande, que mal Leonardo se distanciou alguns passos e Fernanda, que normalmente enxergava como um falcão, não conseguiu mais vê-lo. Ela franzia a testa e comprimia o olhar, tentando esquadrinhar o horizonte para manter o amigo sob suas vistas, quando ouviu um **assovio estridente**. Era o sinal combinado com Leonardo. Precisavam partir imediatamente.

– **Agora! Vamos! Nanda, comece a contagem!** – bradou Leonardo a plenos pulmões; sua voz chegando de muito longe, como se fosse uma alma penada falando do além.

Fernanda deu um passo adiante e parou. Olhou rapidamente para trás e, encontrando o olhar amedrontado de Rafael, disse:

– Segure na minha mão e não largue por nada neste mundo, ok? – Rafael concordou com a cabeça e abraçou Rex com mais força, com receio de que o amigo peludo pudesse cair de seu colo durante o percurso.

Em seguida, a menina recomeçou a andar, contando com a voz estridentemente alta, a cada novo passo que dava:

– Um... dois... três... – pareciam três gravetinhos inclinados contra o vento que anunciava a tempestade.

Depois do que pareceu uma **verdadeira eternidade** aos ouvidos atentos de Leonardo, a contagem finalmente chegou aos vinte passos combinados que demarcavam o **lugar ideal para a partida**. Fernanda disse "vinte" e estacou no lugar, como se alguém lhe puxasse o freio de mão; Rafael, que vinha colado nela, lhe deu um belo encontrão e Rex deu um miado curto de puro susto.

Fernanda nem ligou, estava concentrada demais para perder tempo com trapalhadas e recriminações inúteis. Ela colocou a mão espalmada acima dos olhos como se fosse a pala de um boné e, com os olhos semicerrados por causa da poeira, esquadrinhou o terreno em busca da plataforma.

— Lá está ela... — murmurou, aliviada por estar no caminho certo.

Leonardo monitorava todos os pormenores da ação com precisão milimétrica e, assim que Nanda e Rafael alcançaram a posição desejada, ele começou a girar a manivela que punha em movimento o conjunto de engrenagens que levaria a pipa para o meio do céu tenebroso. Quando a pipa começou a se elevar bem alto na escuridão, o garoto saiu correndo, movendo-se com toda a velocidade que suas pernas podiam gerar, justamente tomando a direção contrária daquela em que o vento soprava com ferocidade.

Rafael olhou para cima procurando pela pipa e recebeu um pingo enorme bem dentro do olho esquerdo. Sem poder se conter, gritou, verdadeiramente desesperado:

— Ai, meu Deus! Está começando a chover! Assim não vai dar tempo de...

— Calado! — berrou de volta a pequena peste, que, de olhos pregados no céu, mal podia respirar tamanha era sua ansiedade.

Em seguida, tudo aconteceu muito rápido. Antes mesmo que Leonardo tivesse tempo de olhar para trás, a pipa, que estava sendo empinada no "piloto automático" pela engenhoca atrelada à plataforma, planou no ar, agitando consigo a **velha chave** da casa dos Vinci.

Um instante depois, **um raio de proporções gigantescas** cortou o espaço num viés de luz e força além da imaginação, iluminando tudo ao seu redor. Em seguida, como se alguém tivesse ligado uma cachoeira no quintal de Deus, **o céu despencou.**

Leonardo correu para abrigar-se do aguaceiro sob o beiral do celeiro, sendo perseguido pelo estrondo de um violento trovão que, por pouco, não lhe estourou os tímpanos. No derradeiro instante em que finalmente conseguiu alcançar a proteção do beiral, ele viu, ainda iluminado pelos lampejos do raio agonizante, o último aceno de Fernanda segundos antes que ela, Rafael e Rex desaparecessem em pleno ar, sendo **eclipsados pela poderosa energia de um raio fenomenal.**

— **Adeus** — murmurou Leonardo, que tentou ficar feliz com o aparente sucesso da primeira parte da experiência. No entanto, em seu coração de cientista e, principalmente de amigo, nasciam a insatisfação e a dúvida porque ele jamais saberia com certeza se havia conseguido mandar os amigos, sãos e salvos, para casa.

No futuro, Leonardo ainda passaria **muitas noites em claro,** observando o céu com incansável interesse. Faria inúmeros mapas daquele firmamento grandioso, tentando entender os mistérios do fenômeno que presenciara naquela remota noite de sua infância. Pelo resto da vida, ele namoraria cada um daqueles pontos luminosos do cosmos, procurando reviver no brilho das estrelas distantes todo o afeto que viu refletido no derradeiro olhar da pequena Fernanda.

OS MICRONAUTAS

A explosão provocada pela descarga elétrica foi tão forte que Fernanda ficou completamente desorientada quando sentiu uma imensa onda de energia sugá-la de um só trago, como se alguém tivesse puxado a tampa de um ralo gigantesco. Viajando naquele vagalhão de intensa luminosidade e barulho ensurdecedor, ela não saberia dizer onde estava nem mesmo quem era.

Quando finalmente conseguiu abrir os olhos, pensou que estava cega porque não pôde ver nada. Porém, à medida que sua visão foi se acostumando com a obscuridade, ela divisou a uma pequena distância os corpos inertes de Rex e Rafael. Uma mão de ferro apertou seu coração. "Estariam feridos?" A queda tinha sido feia e o contato frio com o chão de pedra fazia supor que eles estavam novamente esparramados na plataforma da velha estação de trem.

Ela levantou com dificuldade, tentando desanuviar a cabeça que rodava como um pião. Engatinhou até Rafael e já ia sacudi-lo com impaciência, quando a fisionomia paralisada do amigo a conteve. Percebeu que havia algo errado e decidiu agir com cautela. Chamou, baixinho:

— Rafa... Você está bem? — nada. O menino continuava imóvel, branco como um boneco de cera e aparentemente sem vida.

Nanda ainda lutava contra a vontade de sacudir o amigo, quando viu com o canto do olho a sombra de Rex se movendo ali por perto. Porém, para sua mais completa surpresa, ele não se aproximou deles. Em vez disso, sentou-se sobre o rabo e começou a lamber as patas dianteiras com verdadeira sofreguidão, como se nada no mundo fosse mais importante do que isso. **A menina sentiu o sangue ferver em suas veias.** Ela não tinha ideia de que os gatos se comportam assim quando estão à beira de ter um ataque de nervos; lamber-se é a versão felina de tomar uma calmante xícara de chá de camomila. Ela rosnou, contrariada:

– **Será que a toupeira peluda pode fazer o favor de me ajudar aqui?**

Ao ouvi-la, Rex olhou para a irmã como se despertasse de um sonho. De repente ele **voltou à vida real** e lembrou-se de tudo o que havia acontecido com ele e os amigos. Seguiu o olhar enraivecido da menina, viu Rafael desacordado no chão e tremeu.

– **O que há de errado com ele?** – perguntou num fio de voz.

– Eu não sei. Já chamei, mas ele não responde... – o pânico crescendo em seu tom de voz infantil.

– Ele... Está respirando? – perguntou Rex, que, sem esperar pela resposta, correu para o amigo desacordado decidido a verificar pessoalmente.

Na verdade, Fernanda ainda não fizera o teste; certamente porque não podia sequer imaginar qualquer possibilidade em contrário. **Perder o amigo por causa de um acidente estúpido era impensável.** Um nó imenso começou a ocupar sua garganta e, de repente, ela achou que ia sufocar e também cair dura.

Enquanto a menina tentava a todo custo conter o pânico, Rex decidiu tomar uma iniciativa desesperada. Chegou bem perto do rosto de Rafael para verificar sua respiração e, como não sentiu nenhum ar saindo de seus pulmões, pensou que ele poderia estar sufocado. **Decidiu fazer uma respiração boca a boca para reanimar o amigo:** abriu o mais que pode sua boquinha de gato, inspirou um grande gole de ar e se preparou para expirá-lo entre os lábios do menino desacordado.

– ECA! Que bafo de onça! – resmungou Rafael, abrindo os olhos e virando o rosto, bem a tempo de **evitar o beijo fatídico.**

O alívio da tensão foi tão grande que Fernanda achou que fosse fazer xixi na calça; sentou-se no chão frio e riu até seus olhos ficarem rasos de água. Rex respirou aliviado e Rafael continuou parado, olhando de um para outro, sem compreender coisa alguma.

Não demorou muito para que Fernanda, já recomposta e **novamente dona de si,** saísse andando pela plataforma à procura do sino que chamava o trem maluco. Mal a garota encontrou e tocou o sino, **o trem-bala surgiu através do túnel,** estacando bem na sua frente. Fernanda entrou, seguida de perto por Rafael que carregava Rex no colo.

Dentro do vagão continuava tudo como dantes, no quartel de Abrantes. A mesma decoração antiquada e confusa, mal iluminada por uma **meia-luz fantasmagórica,** e as velhas poltronas de veludo quase todas desocupadas.

Fernanda respirou aliviada, afinal, estavam no caminho certo. Rafael tentou sentar, mas foi interrompido pelo puxão de uma mãozinha rechonchuda. Fazendo um movimento brusco com a cabeça, ela indicou a aproximação do bilheteiro corcunda, que acabara de despontar no lado oposto do corredor.

– Nem precisa sentar, bicho preguiça! Já, já, aquele monstrengo estará aqui – disse ela, enfática.

Dito e feito, num instante o bilheteiro mal-humorado alcançou as crianças no meio do corredor. Sem lhe dar tempo para que dissesse alguma coisa desagradável, a menina sacou do bilhete como se ele fosse uma arma e, por pouco, não o esfregou na cara dele. O duende corcunda soltou um grunhido de insatisfação; apontou um dedo curto e retorcido para indicar a localização de uma das portas camufladas no vagão, daquelas que só eram vistas quando o trem parava.

– Fiquem aqui mesmo. Vocês são os próximos a descer – disse ele, afastando-se rapidamente sem sequer olhar para trás.

Antes que eles pudessem dizer qualquer coisa, a porta surgiu sabe-se-lá-de-onde e o trem parou imediatamente.

– Vamos! – gritou Fernanda, novamente agarrando Rafael pelo braço, pronta para descer no lugar onde esperava que estivesse sua casa.

No instante em que eles desciam, Fernanda reparou na aparência antiquada de um senhor gordinho, careca e de óculos. Ele estava sentado na poltrona que estava à direita daquela porta que surgira repentinamente, obedecendo ao comando do bilheteiro.

"Onde será que já vi esse velhinho?", pensou a menina com seus botões, enquanto pulava apressada do vagão.

No segundo seguinte, eles estavam novamente mergulhados na escuridão. "Onde será que estamos?", pensou Rafael, mantendo o silêncio.

– Ai... Rafa! Sai de cima do meu pé – gemeu Fernanda, empurrando-o para o lado.

– Estamos em casa? – perguntou ele, ignorando a bronca e o poderoso empurrão que quase o jogou no chão.

Fernanda tateava às escuras, tentando perceber onde estavam.

– Acho que sim. Olha aqui, essa é minha cama. Estamos de volta ao meu quarto! A luz deve ter se apagado por causa do estrago que o raio provocou! – e a menina seguiu em frente, vagando pelo quarto às escuras, procurando pela porta.

Assim que a encontrou, encostou o ouvido no vão da porta entreaberta e ouviu Mamãe Pastel chamando seu nome no andar de baixo. Suspirou aliviada. Finalmente tinham conseguido voltar para casa.

– Fique quieto! Vem vindo alguém! – o vão da porta estava ficando iluminado por um halo de luz que se aproximava, denunciando que havia alguém subindo a escada. – Corre pra cama e finge que está dormindo! – ordenou a guria, enquanto fazia o mesmo.

– Ah! Vocês estão aí... Filha, por que você não respondeu quando eu chamei? – era a voz da mãe, exigindo satisfações da filha desobediente.

Fernanda fitou-a na penumbra; tinha os olhos semicerrados e piscava para a luz da vela como se tivesse acabado de acordar.

– Não me diga que você também pegou no sono!? Desculpe, acho que acordei vocês, não é? – perguntou a mãe, envergonhada pelo escândalo que fizera ainda há pouco com seu inútil e desesperado "alarme de emergência" que deixara todo mundo doido.

A menina, toda meiga, respondeu para a mãe aflita:

– Acho que sim. Por que estamos no escuro, mamãe? Acabou a luz?

– Sim, filha, mas não precisa ficar com medo. Seu pai ligou para a companhia de eletricidade e eles disseram que já estão consertando. Parece que caiu um raio enorme bem aqui perto de casa e danificou a rede elétrica do quarteirão inteiro. Não saiam daqui até a luz voltar, ok? Vou deixar esta vela aqui no alto da cômoda, porque é o lugar mais seguro – porém, antes de sair do quarto, pensou um pouco melhor e completou: – E não se atrevam a mexer com ela!

Sem esperar resposta, dona Carolina saiu às pressas. Assim que ela virou as costas, Fernanda e Rafael deram-se as mãos e começaram a rodopiar pelo quarto, embriagados de tanta alegria.

– **Nós conseguimos, Nanda!** Depois de tanta confusão, conseguimos voltar para casa! E inteiros! – felizes, trocaram um longo e afetuoso abraço; foi então que a menina percebeu que estava faltando alguma coisa naquela alegria toda; largou o amigo e perguntou:

– **Espera aí, Rafael... Você viu o Rex? Cadê ele?**

Rafael apagou o sorriso que trazia estampado no rosto; lembrou que não via o amigo peludo desde que haviam entrado no trem e sentiu a barriga se afrouxar.

– Ai, meu Deus! Será que aquela toupeira peluda ficou no trem? – gemeu Fernanda, sentindo falta de ar.

– Vamos procurar pelo quarto, ele tem que estar aqui em algum lugar... – Rafael, ainda paralisado pelo susto, não se mexeu do lugar. Então, ela simplesmente perdeu a paciência e berrou no seu ouvido: – AGORA!

Reviraram o quarto de cabeça para baixo e nada de encontrar o amigo. Fernanda já começava a perder as esperanças de ter um final feliz para aquela aventura. Eles haviam vasculhado cada centímetro do aposento sem encontrar o menor sinal de seu irmão peludo. Desanimado, Rafael, que já estava cansado de procurar mil vezes nos mesmos lugares, reparou num pequeno detalhe que até então tinha passado desapercebido: havia uma porta entreaberta no imenso armário de Fernanda.

Sem dar nenhum pio, ele fez um aceno para chamar a atenção de Fernanda e indicou com o dedo em riste a porta do armário mal fechada. A garota, que nunca foi dada a sutilezas, abriu a porta num puxão. Seu achado teve o poder de deixá-la alegre e com raiva ao mesmo tempo.

Lá estava o pequeno peludo dormindo confortavelmente sobre sua malha de lã favorita; enrodilhado sobre o rabo, ele ressonava perdido num sono profundo:

— Zzzzzzzzzzzzzzzzz.

O primeiro impulso da menina levada foi gritar bem alto no ouvido do irmão: "Te peguei, seu peludo sem-vergonha", o que era uma malvadeza que só serviria para matá-lo de susto.

Porém, no instante em que ela ia **praticar a má ação,** um rápido *flashback* surgiu em sua mente: ela vislumbrou o quase sufocamento do irmão na missão de salvamento do Rafael; relembrou o deslumbramento de Rex diante do talento de Leonardo; enfim, lembrou-se dos episódios em que a coragem, a camaradagem e a inteligência do pequeno irmão adotivo a ajudaram e, depois disso tudo, perdeu a coragem de acordá-lo aos berros.

Sentiu que tinha uma oportunidade de **retribuir um pouco do muito que recebera com um pequeno gesto de carinho.** De mansinho, tornou a encostar a porta com todo o cuidado para não fazer nenhum barulho e deixou o irmão descansar em paz.

– Ele tá dormindo. O coitadinho deve estar cansado... – cochichou para Rafael, empurrando o amigo para o outro lado do quarto. Completou: – Vamos deixá-lo em paz.

– Ele deve ter entrado aí quando ouviu a mamãe chamar. Vai ver, pensou em se esconder no armário até que ela fosse embora, mas como estava muito cansado acabou pegando no sono de verdade.

– Hum... Isso resolve o mistério dele ter se perdido da gente – concordou Rafael.

– E por falar em mistério, Rafa... Acabei de me lembrar de uma outra coisa... Você reparou num velhinho de óculos, que estava sentado perto da porta quando saltamos do trem? – perguntou Fernanda.

Porém, antes mesmo que Rafael tentasse compreender o que ela dizia, a menina saltou da cama e foi até a estante; bastou uma única olhada para encontrar o que procurava: um exemplar do Atlas da História, presente da Tia Maluca do último Natal. Abriu o dicionário histórico e deu uma rápida folheada, procurando a letra F na parte dedicada aos inventores e cientistas.

Assim que encontrou o que queria, ela voltou para a cama e tornou a sentar-se ao lado de Rafael. Apontou para uma pequena figura e disse:

– Pois olha aqui, se esse sujeito não é a cara daquele velhinho que cochilava na poltrona enquanto a gente saía do trem... – em seguida, ela começou a ler em voz alta o texto que acompanhava a figura: – "Franklin, Benjamin (1706-1790). **Estadista, cientista e filósofo americano.** Criou a base das bibliotecas públicas; inventou e aprimorou o aquecedor doméstico e realizou experiências com eletricidade, das quais as mais famosas foram com pipas, em 1752. Assinou a Declaração de Independência e, em 1790, propôs o fim da escravatura" – e fechou o livro com uma pancada que fez Rafael dar um pulo de susto.

– **Aposto o que você quiser... Aquele velhinho era o próprio Benjamin Franklin em pessoa!** O safado fez muito mais do que brincar com pipas e eletricidade. Acho que, de alguma maneira, o espertinho aprendeu a usar a energia dos raios para viajar no tempo...

Mil perguntas fervilhavam no cérebro da guria: "Teria o velho cientista sido atraído para o trem num acidente elétrico, como o deles?".

E a pergunta mais instigante, aquela que por motivos óbvios ela ainda não tivera coragem de fazer em voz alta: "Seria possível controlar o acesso à estação do tempo?".

Sua mente começou a divagar: já se via refestelada no sofá do seu entrevistador favorito, ninguém menos que o famoso Jô Soares,[27] para explicar a todo mundo numa **gloriosa entrevista na TV** como era possível realizar a fantasia de viajar no tempo. A pequena peste falava pelos cotovelos, hipnotizando o entrevistador que a ouvia atentamente, enquanto sorvia de uma caneca pequenos goles de uma bebida não identificada.

– Eu, o Rafael e o Rex somos micronautas. Nós usamos o meu microcomputador recentemente eletrocutado para viajar no tempo... – e ela ia narrar essa ideia maluca ao amigo, quando notou que

---

[27] Jô Soares: *showman*, escritor e apresentador de televisão, cujo programa de entrevistas faz sucesso há "milhares" de anos na TV brasileira.

Rafael havia adormecido enquanto esperava pacientemente que ela voltasse de seus devaneios.

– De que adianta quebrar a cabeça com isso agora? – observou a menina, falando sozinha . – Acho que também estou precisando descansar.

Desistindo de pensar no futuro, esticou-se na cama ao lado do amigo e fechou os olhos. Mais do que descansar o corpo, ela desejava adormecer rapidamente e sonhar com um belo e distante lugarejo na antiga Itália, onde pudesse reencontrar seu querido Leonardo.

Mal ela recostou a cabeça no travesseiro, sentiu um volume no bolso de sua calça jeans e imediatamente se lembrou do desenho com que Leonardo a presenteara. Como se tratasse de uma preciosa joia, ela retirou do bolso o antigo pedaço de pergaminho, cujo conteúdo era uma verdadeira obra-prima.

Adormeceu assim, abraçada ao retrato de si mesma, embalada pela lembrança daquele rosto tão querido que ficaria a esperá-la para sempre, em algum lugar do passado.

UMA OLHADELA NO PASSADO

Nosso pequeno Leonardo cresceu estudando muito e pesquisando praticamente sozinho sobre tudo. Autodidata, conseguiu desenvolver genialmente todos os talentos que possuía cursando a escola da tentativa e do erro. Jamais pisou numa universidade de verdade, tendo sido vítima do preconceito da sociedade de sua época.

Apesar disso, foi um brilhante pintor, escultor, inventor, anatomista, arquiteto, engenheiro e, sobretudo, **o mais devotado e curioso cientista de seu tempo.**

Voltamos a encontrá-lo numa longínqua tarde de verão em Milão. Leonardo, que nessa época já era o famoso "da Vinci", **pinta mais uma de suas obras-primas em seu ateliê.** As cores do pôr do sol iluminam a sala e também servem de inspiração para os tons acastanhados que ele coloca na tela.

Do cavalete, o rosto de uma bela e enigmática mulher, absolutamente serena, parece hipnotizá-lo.

– Enrico, *per favore*, traga-me aquele pincel menor, com que gosto de esfumaçar... – pede Leonardo a seu assistente.

O jovem aprendiz corre para atender seu mestre. O pincel muda de mãos enquanto Enrico aproveita a proximidade para observar com atenção o trabalho do gênio. A beleza do retrato é evidente e o primor da técnica de seu Mestre, rigorosamente insuperável. No entanto, ele percebe a vaga existência de um "algo mais" que tem o poder de encantar e instigar ao mesmo tempo.

Enrico trabalhava no ateliê há vários anos e nunca tinha visto, nem ali nem tampouco nas proximidades, um modelo que se parecesse com a jovem mulher que a tela retratava.

A origem da dama retratada era um verdadeiro mistério; como se Leonardo tivesse um segredo que guardasse a sete chaves e ele não conhecia ninguém com coragem suficiente para questioná-lo a respeito.

O aprendiz arquiteta **sua própria teoria a respeito;** supõe que seu Mestre pinte de memória o rosto de uma dama muito querida ao seu coração. Só podia ser esse o motivo daquele "ar sonhador" que aparecia em seu rosto quando ele trabalhava naquele retrato.

Havia algo de especial na atmosfera daquela tarde de verão. Enrico decide aproveitar a leveza do ambiente para tentar matar sua curiosidade. Movido por esse espírito romântico, ele respira fundo para tomar coragem e, em seguida, faz sua pergunta à queima-roupa:

– Mestre, **perdoe a indelicadeza de perturbá-lo,** mas é que o tema dessa pintura me intriga... – porém, antes mesmo que possa terminar a frase, é interrompido por Leonardo, que completa seu pensamento dizendo:

– Fala da aura de mistério que emana do olhar da doce donzela, não é? – pergunta o Mestre, ao que Enrico limita-se a abanar a cabeça em sinal afirmativo.

– Este sorriso misterioso que emoldura seus lábios revela um segredo. Repare na placidez desse olhar, é como se ela nos dissesse: "Posso ver o futuro..." – assim dizendo, Leonardo dá o assunto por encerrado e novamente mergulha em sua arte.

Entre uma pincelada e outra, ele relembra os traços da menina bonita e misteriosa que veio do futuro para encantar sua infância. Por um instante ele volta a ser aquele menino curioso e gentil e, com sua prodigiosa imaginação de artista, projeta na tela a face de mulher que a menina teria algum dia, num futuro muito adiante de seu próprio tempo.

Qual terá sido o rosto imaginado pelo artista genial? Talvez o retrato da Mona Lisa seja a resposta.

Fim. Ao menos por enquanto.

OS MICRONAUTAS
PERDIDOS NA RENASCENÇA

Os micronautas: perdidos na Renascença é uma verdadeira viagem no tempo. Dois amigos, Fernanda e Rafael, são eletrocutados pelo computador e, seguidos pelo gato Rex, vão parar na Itália renascentista. E não é que esse túnel do tempo tupiniquim os leva ao encontro do ainda garoto Leonardo da Vinci? O que pode acontecer quando duas crianças e um gato ficam presos no passado e só podem contar com a ajuda de um jovem e genial amigo, para encontrar o caminho de volta? Essa é uma história divertida e recheada de aventuras.

Título: *Os micronautas: perdidos na Renascença*
Autora: Arlete Braglia
Ilustradora: Anasor ed Searom (Rosana de Moraes)
Formato: 13.5 x 20 cm
Páginas: 352

Sinopse

Fernanda, também conhecida como "a peste", por causa de seu gênio, Rex, o gato de olhos verdes com nome de cachorro, e Rafael, menino amigo e corajoso, são os passageiros da viagem de *Os micronautas: perdidos na Renascença*. Em um dia de tempestade, um raio poderoso eletrocuta o computador de Nanda, dando passagem a um túnel do tempo e conduzindo os micronautas para a Itália renascentista. Chegando lá, os três amigos conhecem o jovem Leonardo, aspirante a artista e inventor. Eles mal podem imaginar que o genial amigo é o único que poderá ajudá-los a voltar para casa.

Explica-me melhor:
O que é Os micronautas:
perdidos na Renascença?

Tia Malu adota um gato para dar à sobrinha Maria Fernanda, mas mal sabiam elas que isto daria início a uma relação cheia de aventuras. Fernanda é uma menina esperta, mas muito mimada. Pior ainda, quando fica contrariada. Queria um cachorro de presente de aniversário, mas ganha um gato. Dá a ele o nome de Rex. Conhecida como "a peste" por conta de seu gênio, Nanda tem um amigo inseparável, o vizinho da casa ao lado, Rafael. Eles são conhecidos como a "dupla do barulho" porque vivem metidos em encrenca. Mas nunca se haviam metido em uma encrenca como esta!

Em um dia de chuva forte, e atendendo aos apelos do amigo, Fernanda resolve ligar o computador e... Um raio poderosíssimo transforma esse computador em uma máquina do tempo, abrindo um portal e sugando os dois jovens e o gato para uma estação de trem, localizada no ponto zero. Este espaço sintetiza o passado e o futuro, e é o ponto de partida para a aventura no tempo que conduz os micronautas até a Itália renascentista.

Nanda, Rex e Rafael acabam voltando no tempo, indo para o ano 1462, mais precisamente para a região da Toscana, vila de Anchiano, da comuna de Vinci. Para complicar a história, eles não têm ideia de como voltar para casa. Até que conhecem um garoto genial de 10 anos que os ajuda. Aspirante a artista e a inventor, Leonardo é o único que sabe que os três vieram do futuro. Entre mil atrapalhadas e outros acontecimentos engraçados, a história oferece uma aventura lúdica e divertida por universos paralelos da História, da Arte e das Ciências.

Quem escreveu e ilustrou esse livro?

Sobre a autora

Arlete Braglia é professora de informática e tem duas grandes paixões: a literatura e a tecnologia. Há mais de quinze anos se dedica a inserir crianças e adolescentes no mundo multimídia dos computadores. Agora, como escritora, deseja levá-las por uma viagem lúdica e divertida pelos universos paralelos da História e da Arte, com o duplo compromisso de ensinar sem deixar de entreter.

Sobre a ilustradora

Anasor ed Searom é o pseudônimo de Rosana de Moraes, artista plástica, autodidata, que obteve sua formação em museus e ateliês, em São Paulo. Suas obras estão presentes em coleções públicas e particulares de diversos países; suas pinturas ilustram publicações de arte e poesia. As ilustrações de *Os micronautas* se revelaram uma divertida aventura pela Renascença, através do texto encantador de Arlete.

Por que este livro é para você?

Já pensou em voltar no tempo e conhecer a Renascença? Pois esta é a oportunidade para você também se tornar um viajante. Então, *andiamo* ("vamos andando", em italiano)! Existem muitos lugares para ver e muito para descobrir nesta viagem ao passado. Você também está prestes a conhecer alguém muito importante para a Arte, a História e as Ciências: Leonardo da Vinci. Conhecido por ser cientista, matemático, engenheiro, inventor, anatomista, pintor, escultor, arquiteto, botânico etc., ele é considerado um dos maiores pintores de todos os tempos, sendo responsável por quadros como *A Última Ceia* (1495-1498) e

Mona Lisa (1503). Naquela época, claro, ele ainda não era considerado gênio. Mas Leonardo já era aspirante a artista e inventor, afinal, começou desde cedo.

Durante essa viagem pela Renascença e pela vida do jovem Leonardo também é possível se inteirar sobre como era a vida na Itália de 1946, ou seja, como as pessoas se vestiam, do que se alimentavam, os perigos que enfrentavam, quais eram os principais ofícios, como era possível se tornar o jovem aprendiz de um mestre, as relações familiares e de poder etc.

Ah, e você ainda vai ter a companhia de três companheiros da pesada, não é mesmo? São os micronautas: Fernanda, ou Nanda, uma menina inteligente e curiosa, com um gênio voluntarioso; Rex, um gato de olhos verdes, que tem nome de cachorro e fala; e Rafael, menino amigo e corajoso. Mas você sabe o que é um micronauta? Com certeza já ouviu a expressão "internauta", que é o nome dado para quem passa o tempo "navegando pela internet". E se o internauta pudesse usar o microcomputador para viajar no tempo? Você gostaria de ser um micronauta? Para onde e para qual época iria?

Características do livro

Categoria: 1 (obra literária destinada a estudantes de 6º e 7º anos).
Tema: e. Diálogos com a história e a filosofia | f. Aventura, mistério e fantasia.
Gênero literário: c. Romance.

O romance foi escrito e ilustrado para jovens estudantes de 6º e 7º anos do Ensino Fundamental – anos finais que possam ler e compreender com autonomia e fluência. O livro tem predomínio das palavras, mas as ilustrações são sugestivas, permitindo a antecipação de acontecimentos e interpretações surpreendentes. Por exemplo, no início do livro, quando tia Malu vai ao orfanato, é possível deduzir, por meio das ilustrações, que ela pretende adotar um gato. Numa outra ilustração, Nanda ganha a feição da Mona Lisa. Quanto à aventura, esta se desenrola em um cenário permeado por arte, invenções científicas e descobertas incríveis sobre o passado renascentista. E, por meio de menções ao longo da história, é possível entrar em contato com importantes referências da Arte, da História e das Ciências de que se tem conhecimento nos dias de hoje, relacionando passado e presente. Com linguagem coloquial, ágil e jovial, o inteligente enredo apresenta passagens engraçadas e, também, propicia momentos de reflexão, como, por exemplo, quando Fernanda é acusada de bruxaria por ter conhecimentos além da compreensão dos demais e, ainda, quando os amigos se veem diante da oportunidade de trazer Leonardo da Vinci para o presente. Afinal, quem não gostaria de ter um gênio como amigo!? Ao considerarem as implicações dessa decisão, os três amigos pensam no impacto que isso causaria no curso da humanidade.

VINCI
Renascença
ITÁLIA
HISTÓRIA DA ARTE
BIOGRAFIA
RENASCENÇA NO MUNDO
PINTORES FAMOSOS
A PINTURA E DA VINCI
RENASCENÇA
HISTÓRIA DA HUMANIDADE